Capitaine ARMENGAUD

E SUD ORANAIS

JOURNAL D'UN LÉGIONNAIRE

(Avec une carte de la région parcourue en colonne)

Treize mois de colonnes pendant l'insurrection
des Ouled-Sidi-Cheik soulevés
par le Marabout Bou-Amama (1881-1882)

I0564891

PARIS
LACE Saint-André-des-Arts.

LIMOGES
46, Nouvelle Route d'Aixe, 46.

Henri CHARLES-LAVAUZELLE

Éditeur militaire.

—

1893

LE

SUD ORANAIS

Capitaine ARMENGAUD

LE

SUD ORANAIS

JOURNAL D'UN LÉGIONNAIRE

(Avec une carte de la région parcourue en colonne).

Treize mois de colonnes pendant l'insurrection
des Ouled-Sidi-Cheik soulevés
par le Marabout Bou-Amama (1881-1882)

PARIS   LIMOGES
Place Saint-André-des-Arts, 11.   Nouvelle route d'Aixe, 46.

IMPRIMERIE ET LIBRAIRIE MILITAIRES

HENRI CHARLES-LAVAUZELLE

Éditeur.

1893

AVANT-PROPOS

Bou-Amama avait soulevé les Ouled-Sidi-Cheick ; la défection des Traffis était complète, lorsque l'insurrection se déclara par l'assassinat du lieutenant Veinbrenner, du bureau arabe de Géryville.

Des colonnes furent formées pour châtier les dissidents et donner confiance aux tribus restées fidèles. Leur création eut lieu à Sebdou, Daya, Géryville, Frendah et Tiaret. Nous allons suivre la colonne de Daya dans la première partie de ce journal ; puis, dans la seconde partie, le 3e bataillon de la légion étrangère, à Méchéria, sous les ordres du colonel Couston, et à Aïn-ben-Khelil, sous les ordres du colonel de Négrier.

Ces modestes notes, écrites au jour le jour, se ressentent de l'impression du moment. Elles ont pour but de peindre exactement la vérité des faits accomplis et de raconter cette vie de colonne, si imparfaitement connue. Elles voudraient aussi faire ressortir le courage, la patience, le dévouement dont nos soldats font preuve, dans ces circonstances, où les privations les attendent à chaque pas, où le climat, le terrain, les difficultés de ravitaillement se liguent pour éprouver les plus forts et montrer qu'ils méritent l'estime et l'admiration dans l'accomplissement d'une tâche ingrate, qui leur refuse presque toujours la gloire.

LE SUD ORANAIS

1ʳᵉ PARTIE

COLONNE DE MALLARET

La colonne de Daya, sous les ordres du colonel de Mallaret, de la légion étrangère, était réunie le 6 mai 1881 et avait
la composition suivante :
3ᵉ bataillon de la légion étrangère ;
1 escadron de chasseurs d'Afrique ;
2 escadrons du 2ᵉ spahis ;
1 détachement du train ;
1 détachement d'ouvriers d'administration ;
1 détachement d'infirmiers ;
200 cavaliers du goum des Beni-Mattar ;
1 convoi de vivres formé de chameaux réquisitionnés ;
Des mulets de réquisition pour le transport des bagages.
Cette colonne, partie de Daya le 9 mai, gagna Bou-Guern
en quatre jours, y séjourna du 13 au 20, puis rétrograda sur
El-Hammam, où elle reçut un convoi de ravitaillement et
les troupes suivantes, qui la complétèrent, à la date du 22
mai : 2 compagnies du 1ᵉʳ bataillon de l'infanterie légère
d'Afrique, 1 section d'artillerie de montagne du 9ᵉ régiment.

El-Hammam.

On donne ce nom au point d'eau uniquement composé de
quelques puits dont l'eau est bonne, mais peu abondante ;

CARTE DU SUD-ORANAIS

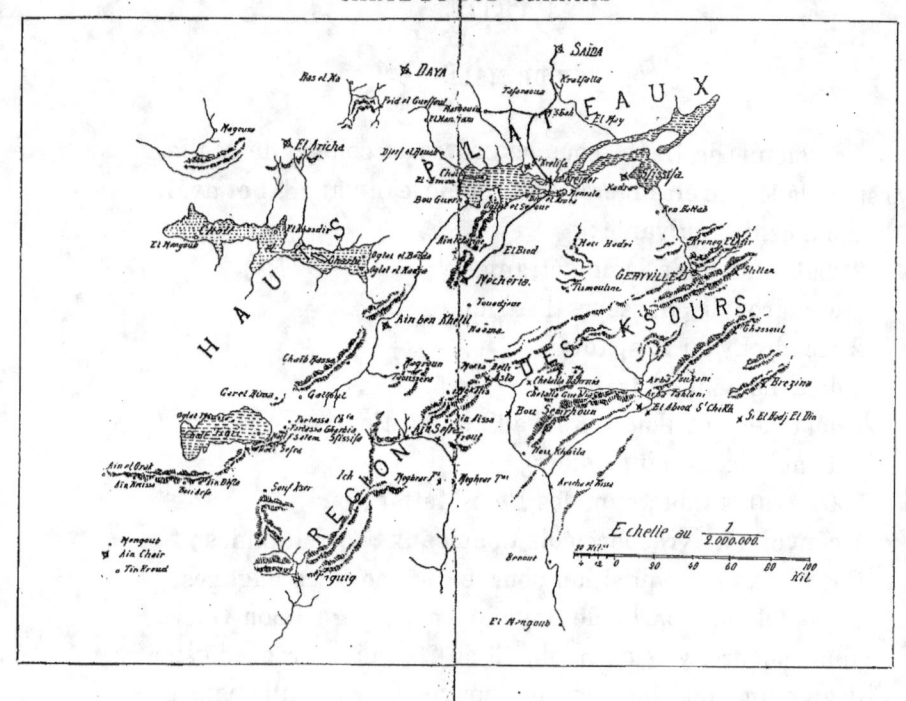

ils sont situés sur le bord est du talweg de l'oued El-Hammam, dont le lit, absolument sec, est cependant bien marqué. En plein pays d'alfa, sur les hauts plateaux, à 32 kilomètres au sud de Daya, ce point est d'une grande utilité pour les charretiers qui effectuent le transport de cette plante : c'est un véritable gite d'étape où ils peuvent abreuver leurs équipages mourant de soif.

La route de fortune de Ras-el-Ma à Marhoum passe par El-Hammam. Elle n'est plus guère fréquentée par crainte des Arabes, non pas précisément des tribus dissidentes, mais plutôt des mécontents, qui profitent de tous les mouvements insurrectionnels pour pêcher en eau trouble et satisfaire quelque vengeance.

Le camp est installé sur une petite croupe, longeant le lit de l'oued, commandant admirablement les approches. La forêt se devine vers le nord, où apparaissent quelques arbres à 5 ou 6 kilomètres. Partout ailleurs, l'immensité plate et nue, des hauts plateaux, recouverts d'alfa et de thym, dont la hauteur ne dépasse guère 60 centimètres.

El-Hammam à Djerf-el-Rorab.

23 *mai.* — Cette étape a 28 kilomètres. Elle est franchie en six pauses ; grand'halte à la 4e, près de grands redirs conténant une eau rougeâtre à couper au couteau. Cette eau, fraîche contre toute attente, est trouvée délicieuse : les bidons étaient vides depuis longtemps, le temps était si lourd !

Pas d'incident pendant cette marche. Nos hommes étaient bien reposés par le séjour d'El-Hammam, et parfaitement dispos.

A 4 kilomètres du point de départ, nous trouvions un chantier d'alfa, occupant environ 250 hommes, tous Espagnols. Ces hommes sont armés, prêts à se défendre contre toute attaque ; ils ne jouissent pas d'une grande sécurité et vont faire la cueillette d'alfa leur fusil en bandoulière. Les gourbis, dans ce village improvisé, sont bas et petits : c'est plus que provisoire ; c'est malpropre et malsain. Les alfatiers s'y couchent pêle-mêle lorsque le temps les empêche de dormir à la belle étoile. Le peu d'air qu'ils ont à respirer est vicié. Les insectes y règnent en maîtres.

Il serait désirable, afin d'éviter les maladies, que l'autorisation d'installer de pareils chantiers ne fût donnée que sous certaines conditions d'hygiène et de propreté indispensables ; nos hôpitaux seraient moins encombrés.

L'alfa du chantier d'El-Hammam est transporté à la gare de Sfid (terminus de la Compagnie franco-algérienne), en passant par Marhoum. On organise des convois de huit à dix charrettes, dont les hommes sont armés, évitant ainsi des attaques probables. Ces convois reviennent au chantier avec des provisions de toute sorte envoyées par l'entrepreneur, qui se réserve le monopole de la vente, — ce qui n'est pas le moindre de ses bénéfices.

Les relations des chantiers d'alfa, en général, avec les indigènes, sont loin d'être bonnes. Le nomade a tout à perdre, ne profitant pas de la présence du roumi, pour faire un commerce pour lequel il manque d'aptitude et ne voulant pas s'abandonner définitivement à la cueillette, qui ne lui rapporte pas grand'chose, étant donnée la quantité extraordinaire qu'il lui faut, à lui, pour que la bascule marque un quintal. Les rixes sont fréquentes ; l'Espagnol a le sang chaud, et le nomade est fier : l'un a la main leste, l'autre n'entend pas être traité en vaincu et riposte ; aussi la navaja espagnole et le khodmi arabe sont souvent employés.

Les nombreuses affaires judiciaires que les bureaux arabes ont à traiter, vu le petit nombre d'alfatiers, prouvent abondamment ce que j'avance.

Nombre de meurtres restés impunis peuvent être mis au compte d'une vendetta générale, non avouée, mais qui n'en existe pas moins, pour certains chantiers, à l'égard des indigènes, et réciproquement.

Djerf-el-Korab.

On appelle ainsi quelques redirs pleins d'eau, dans le lit sec de l'oued El-Hammam. Notre camp est installé dans le thym; les scorpions pullulent. Le docteur de la légion passe sa journée à panser les hommes piqués : une incision légère, une goutte d'alcali sur la piqûre, une bande pour éviter le contact de l'air, c'est tout; tout danger est conjuré par ce petit procédé.

Les avant-postes sont placés à la nuit. Une escouade par compagnie est employée à ce service. La cavalerie n'y contribue pas.

L'eau consommée est la même qui nous servira souvent; elle mérite une description : c'est l'eau de redir. Rougeâtre, épaisse, renfermant toute sorte d'animaux, elle est fraîche généralement. Il existe un procédé très facile, connu des vieux Africains, pour rendre cette eau claire. Le voici : passer l'eau du redir avec une brosse pour en extraire les têtards, en la versant dans un grand bidon de campement; promener dans cette eau, pendant une minute environ, un morceau d'alun, gros comme une pomme, attaché à une ficelle. L'eau tourbillonne, se débarrasse des corps étrangers qui la rendent si trouble en les déposant au fond du bidon, qui se couvre alors d'une boue épaisse, l'eau claire restant dessus. On la passe alors au filtre de campagne, ou tout simplement avec une pièce de toile.

Djerf-el-Korab à Oglat-el-Serour.

24 mai. — Cette étape, faite par une chaleur lourde, dans un terrain sablonneux, a été très fatigante ; elle a environ 36 kilomètres.

La grand'halte est faite après la quatrième pause aux puits de El-Amra ; dans le chott, l'eau est un peu saumâtre.

Deux autres pauses nous conduisaient à hauteur des puits de Bou-Guern, où une halte de vingt minutes permettait aux hommes de remplir leur bidon d'excellente eau, très fraîche. La marche est reprise : deux nouvelles pauses nous mènent à Oglat et Serour, sur le bord méridional du chott. Il est 2 h. 1/2. La journée a été très rude : une ration extraordinaire d'eau-de-vie est distribuée.

On appelle chotts d'immenses bassins sans eau presque toujours où se déversent les eaux fluviales des hauts plateaux. Ces eaux s'infiltrent et vont trouver un débouché dans les bassins du centre de l'Afrique ou dans les rivières tributaires de la Méditerranée. Ils sont quelquefois impraticables, même pour les piétons et les troupeaux ; ces cas sont rares et n'ont qu'une courte durée.

Aujourd'hui, par exemple, l'étape eût été plus courte si de Bir-el-Amra (grand'halte) on s'était dirigé sur Oglat-el-Serour, au lieu de contourner le chott dont la traversée n'a pas été jugée possible par le commandant de la colonne.

Les chotts du Sud oranais ont une altitude variant de 20 à 30 mètres au-dessous de celle des hauts plateaux. Les bords sont généralement à pic, quelquefois déchiquetés, rarement à pente douce ; l'alfa pousse encore sur ces pentes, mais jamais dans les chotts, où l'on ne trouve pour toute végétation que quelques touffes de diss. Le sol, très uni dans la plupart de ses parties, est couvert de petits cristaux blancs qui occasionnent un mirage extraordinaire suivant l'heure, le temps et le point choisi par l'observateur ; il est merveilleux, vraiment, mais il n'existe pas par tous les temps.

On voit tour à tour des villes fortifiées avec remparts, bastions, monuments ; des ports, avec leur forêt de mâts ; des bois colossaux et sans fin ; la mer, unie comme une glace, sur laquelle on distingue parfaitement de grands paquebots à vapeur, des voiliers, de modestes bateaux de pêche ; des bataillons alignés pour la parade ; enfin, ce qui est le plus habituel, une mer aux reflets argentés mouillant sur une côte dentelée, disposée en demi-cercle, et, sur cette côte, des villages épars, dont les maisons blanches brillent, séparées par une lande nue ou par un bois de forme excentrique.

Une des bizarreries du chot Chergui, qui ne peut passer inaperçue, est l'éclosion de sources tièdes sur des points dominants : Chaïb, le Kreider, Kadra sont les principales de ces sources. On les voit sourdre dans de petits bassins situés au sommet de petits mamelons sablonneux, faisant tache sur la plaine unie du chott. Leurs eaux se déversent sur le flanc de ce monticule pour aller former un marécage plus ou moins grand, où des roseaux et d'autres arbustes poussent avec force, rompant la monotonie du paysage et abritant quelques cadornes et des ibis, leurs hôtes habituels.

Oglat et Serour.

On appelle de ce nom la réunion de plusieurs puits sur le bord méridional du chott. Les expressions de bir et oglat, que nous voyons reparaître souvent dans ce journal, sont employées par les Arabes pour désigner des puits : oglat semble employé de préférence dans le chott, et bir, en dehors, sur le plateau.

Oglat-el-Serour à Aïn-Fékarine.

25 *mai*. — Cette étape a environ 30 kilomètres. Elle est moins monotone que les précédentes; le djebel Amrag à franchir nous repose des hauts plateaux et du chott. La direction prise au départ et pendant deux pauses et demie est complètement nord-sud, vers un mamelon sablonneux, dont la tache dorée se voit de loin sur la montagne ; un arbre, le seul existant, est au pied de ce mamelon : c'est un guide précieux indiquant le passage. Le col, situé au

pied même de ce mamelon, est très large et débouche sur un plateau immense couvert d'alfa. La grand'halte est faite à une pause et demie de ce col, vers l'est.

Un petit incident tout à l'honneur de nos légionnaires, toujours débrouillards et pas manchots comme on va le voir, se produisit pendant cette première partie de l'étape.

La section d'artillerie possédait des mulets qui n'avaient jamais été bâtés avant cette colonne, ayant été livrés à la batterie au moment de son départ de France, en avril, et des hommes qui avaient à se familiariser avec leur nouveau métier en montagne : aussi les mulets restaient souvent en arrière et les détachements étaient fréquents.

Ma compagnie d'arrière-garde avait déjà bien souffert de ces arrêts avant d'arriver au col, lorsqu'une dernière fois, après l'avoir traversé, un mulet s'abat. Nouvelle pause forcée ; nous avons déjà bien du retard. Énervement des légionnaires, qui jurent quelques *god ferdam,* envoyant au diable l'artillerie et ses mulets... Heure à attendre, l'officier d'artillerie ayant envoyé chercher un mulet à la colonne, pour charger l'affût d'une pièce que cette dernière chute laissait en arrière. Les feux de la grand'halte étaient allumés ; aussi, quelques-uns de nos hommes, que l'impatience d'arriver talonnait, proposèrent-ils d'emporter eux-mêmes le chargement. Le lieutenant ne répondit pas catégoriquement à cette proposition, qu'il ne crut pas sérieuse, et l'on vit aussitôt les vigoureux gaillards de la 1re section débarrasser le mulet abattu, se partageant sa charge.

Les roues, l'avant-train, le bât du mulet, jusqu'au havresac, tout fut enlevé et porté, au grand étonnement du lieutenant et à l'ébahissement de ses artilleurs, à 2 kilomètres plus loin, où était arrêtée la colonne.

A partir de ce moment, les artilleurs ne juraient plus que par la légion.

Trois nouvelles pauses sont nécessaires pour atteindre le gîte d'étape, où nous arrivons à 3 heures.

L'ordre dicté le soir nous apprend que la cavalerie partira le lendemain matin pour aller à Bir-el-Amra à la rencontre d'un convoi de vivres venant de Saïda. Les deux compagnies du 1er bataillon de la légion étrangère, qui formaient l'escorte de ce convoi, ne rétrogradèrent pas sur leur garnison, ainsi que l'ordre en avait été donné primitivement ; elles grossirent les rangs de notre colonne.

Ain-Fékarine.

On nomme ainsi une source jaillissant sur le bord d'un thalweg, alimentant un petit ruisseau qui coule sur une longueur de 500 mètres environ, se dirigeant du sud au nord, vers le chott, qui remonte en pointe jusque-là. L'eau est très claire, mais un peu saumâtre. Des puits creusés au bord du thalweg en donnent de meilleure ; ils sont mis à contribution. Quelques roseaux, bien verts, bordent ce ruisseau et recouvrent deux ou trois mares qu'il alimente, ce qui produit un contraste frappant avec le terrain environnant couvert de dunes de sable, où, seules, quelques brindilles de tamarins rabougris ou de thym à moitié sec ont droit de cité.

La vue s'étend très loin, de tous côtés.

On aperçoit, à l'ouest, le col que nous avons traversé, séparant le djebel Antar, venant de l'ouest, presque en ligne droite, le djebel Amrag, son prolongement qui se termine sur le chott. Au sud-est, une chaîne de montagnes qui borde au sud la grande plaine d'alfa.

Entre cette chaîne et l'Antar, au sud même, une immense trouée, par laquelle se prolongent les hauts plateaux jusqu'aux montagnes d'Aïn-Sefra. Enfin, à l'est, loin, très loin, on aperçoit deux pitons voisins qui se découpent sur l'horizon ; ce sont les pics d'Haci-el-Hadri, dont le plus élevé se termine en pain de sucre.

26 *mai*. — Départ de la cavalerie sous les ordres du colonel Gaillard. Séjour pour le reste de la colonne.

27 mai. — Arrivée du convoi à 5 heures du soir; il se compose de mille chameaux chargés d'orge, de biscuit, dix quintaux de lard et dix tonnelets d'eau-de-vie. Un mercanti juif a suivi ce convoi. Sa tente est aussitôt assaillie par nos soldats, presque tous fumeurs et manquant de tabac. Ses prix sont très élevés, et particulièrement pour quelques pains, qu'il vend 5 francs le kilogramme. Ce juif me remémore les réflexions que ses pareils, vus à l'œuvre dans d'autres colonnes, m'avaient suggérées, bien malgré eux. Les voici :

Les convois administratifs, pour de longues colonnes, devraient être approvisionnés en vivres d'ordinaire, car les compagnies, n'ayant pas le loisir d'en acheter sur place, sont dans l'obligation de les payer très cher aux mercantis, quoique les allocations ne soient pas supérieures. On détruit les bonis d'abord, puis on diminue les achats forcément, et la nourriture du soldat est insuffisante.

Ces convois devraient également distribuer, à titre remboursable, tabac, allumettes, bougies, toutes choses indispensables que le soldat achète hors de prix aux mercantis. La solde n'est pas augmentée en colonne, où le soldat a beaucoup plus de fatigues et par suite de besoins. Il serait désirable qu'il fût aussi bien traité qu'en garnison : un bon ordinaire et du tabac au même prix que dans le Tell.

28 mai. — Repos. On apprend par l'ordre que la colonne Innocenti nous rejoindra demain et que l'ennemi la harcèle dans son mouvement de retraite. Le sous-lieutenant Scalier, de la légion étrangère, a été tué en faisant une ronde aux avant-postes de sa compagnie. Un zouave, sentinelle, a eu le même sort. Défense est faite de s'éloigner du camp; interdiction absolue de la chasse; recommandations réitérées pour le service de sûreté pendant la nuit.

Les instructions relatives à la conduite à tenir pendant la nuit en cas d'alerte avaient été données plusieurs fois. On les répéta dans les compagnies, et justement du 28 au 29 on dut les mettre en pratique.

Le mouvement s'est exécuté sans la moindre hésitation, sans perte de temps, sans éclairer une allumette, avec un silence d'une précision remarquable, qui nous valurent des félicitations : les compagnies devant le front de bandière, sur deux rangs, à genoux, l'arme prête.

29 mai. — La colonne Innocenti arrive vers midi. Le camp se forme rapidement et nous recevons de notre mieux les camarades qui viennent de combattre et qui ont les dents longues.

Des renseignements puisés à bonne source me permettent de résumer les péripéties du combat du 19 mai. Je les transcris tels quels.

Combat de Mouallok.

19 mai 1881. — La colonne Innocenti (colonel du 4ᵉ chasseur d'Afrique) avait été primitivement sous les ordres du général Collignon, qui l'avait quittée à Géryville pour cause de maladie. Elle se composait des troupes ci-après : un bataillon du 2ᵉ zouaves ; un bataillon du 2ᵉ tirailleurs ; un bataillon de la légion étrangère ; trois escadrons du 4ᵉ chasseurs d'Afrique ; deux sections d'artillerie ; divers détachements du train des équipages, d'ouvriers d'administration, d'infirmiers ; enfin, une ambulance. 450 cavaliers indigènes, des goums de Tiaret, Frendah, Saïda, étaient les auxiliaires de cette colonne.

Le 19 mai, à 8 heures du matin, l'ennemi est signalé barrant le passage entre les deux Moualloks (espèces de collines rocheuses, à pentes raides, ayant 50 à 60 mètres de hauteur et une longueur de 1,000 mètres environ, plantées parallèlement dans une direction nord-sud. Ce point était bien choisi, l'espace compris entre les deux collines ayant environ 500 mètres.

L'emplacement occupé à ce moment par les troupes était

DISPOSITIF DE LA COLONNE INNOCENTI (17 mai 1881)

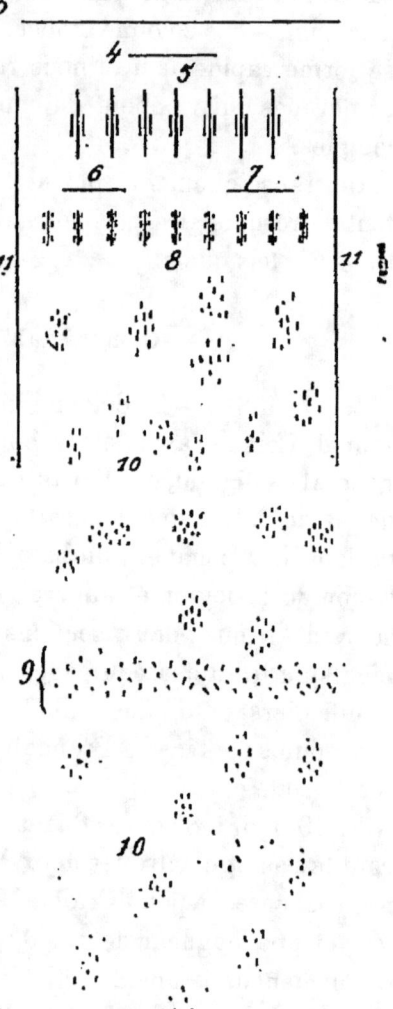

LÉGENDE

1. Goum.
2. Cavalerie.
3. Légion étrangère.
4. Génie.
5. Artillerie.
6. Ouvriers d'administration.
7. Infirmiers.
8. Train, munitions, ambulance.
9. Convoi des corps, bagages.
10. Convoi administratif, vivres.
11. Zouaves.
12. Tirailleurs algériens.
13. Tirailleurs algériens, extrême arrière-garde.

NOTA. — L'allongement du convoi était considérable au moment de l'attaque de la colonne par Bou-Amama. Ce croquis ne peut le figurer entièrement, il ne donne qu'un aperçu suffisant.

celui indiqué par le croquis n° 1. Le convoi marchait très péniblement et s'était allongé de plusieurs kilomètres. Aux premiers coups de feu, le bataillon du commandant Jacquey (tirailleurs), qui formait l'arrière-garde, se trouvait à environ 3 kilomètres en arrière. Notre goum, envoyé pour charger l'ennemi, rentra en désordre, ramené par Bou-Amama. C'est alors que commença l'attaque de la légion. Les Arabes postés tiraillaient et semblaient disposés à défendre le passage. Les premières balles n'arrivaient pas jusqu'à nous vu la petite portée de leurs armes. On riposta par quelques feux de salve et la marche en avant fut reprise pour le combat.

La résistance s'accentua par une fusillade nourrie ; l'infanterie ennemie recula, pied à pied, un instant, puis disparut, n'ayant servi qu'à attirer les combattants sur la tête de colonne, pendant que le gros, le goum des Traffis, se portait au convoi, que guettait le marabout. Les zouaves, qui n'avaient plus le convoi à leur hauteur, voyant la légion engagée, serrèrent sur la tête et s'y déployèrent pour prendre part à l'action, décidés à arrêter l'ennemi s'il tentait de nous déborder ; les chasseurs d'Afrique quittèrent également leur place pour se porter en avant, mirent pied à terre, se disposant à combattre à pied ; l'artillerie, masquée par la légion, ne fut pas employée : elle resta dans la colonne.

Le gros du convoi, escorté par un peloton de chasseurs d'Afrique commandé par le sous-lieutenant Laneyrie, se trouvait à quelques centaines de mètres en arrière ; puis, plus loin, la queue du convoi poussée vigoureusement par les tirailleurs algériens.

Les Traffis (goum ennemi), rentrés pêle-mêle avec nos goumiers, qu'ils poursuivaient plus de leurs cris que de leur poudre, tombèrent sur le convoi, insuffisamment gardé, massacrèrent les soldats isolés et la presque totalité des chasseurs du peloton d'escorte. Le fusil n'était pas seul employé par l'ennemi : les yatagans et les matraques faisaient une cruelle besogne. Les sokrars (chameliers) ne se défendaient pas; on peut même soupçonner leur collaboration au massacre, ayant aidé l'ennemi à emmener le butin, en continuant à son profit leurs fonctions de sokrars.

La direction donnée à cette razzia fut prise à notre gauche, au nord du Mouallok de l'est. Des cavaliers la poussaient lentement. Le gros du goum ennemi attaquait directement le bataillon de tirailleurs pour arrêter son élan et donner aux prises le temps nécessaire pour disparaître. Cette démonstration, obligeant cette arrière-garde à prendre, à plusieurs reprises, des formations en carré, retarda sa marche : le but visé était atteint. Les Traffis tournèrent bride tout à coup et disparurent au galop, allant rejoindre leur butin.

Malgré l'ordre remarquable qu'il déploya, le bataillon de tirailleurs ne put réussir qu'à arrêter quelques chameaux retardataires abandonnés par l'ennemi, trop vivement pressé ; son feu inquiéta peu les gens du marabout, la nature du sol ne permettant pas les salves à longue portée.

Pour bien comprendre l'irruption de l'ennemi dans nos rangs sans avoir combattu en tête, il faut bien se rendre compte qu'amis et ennemis (nos goumiers et les Traffis) étaient vêtus semblablement et montés sur des chevaux pareils : la confusion était inévitable. On n'a pas voulu courir les risques de tirer sur nos gens, et l'ennemi en a profité.

Ce combat, dans lequel l'ennemi perdait 300 hommes, nous coûtait : 72 morts, 15 blessés et 12 disparus, plus la perte d'une partie des bagages et du convoi de vivres.

La température, très élevée ce jour-là, obligea la colonne à rechercher le point d'eau le plus rapproché pour y camper. Bou-Amama ne fut pas poursuivi.

La colonne se portait le 20 mai sur Chellala et le surlendemain elle visitait Asla, organisant dans ces ksours un service de police très sévère pour éviter le maraudage des soldats portés à prendre les ksouriens pour des complices du marabout. Elle rétrogradait d'Asla pour remonter au nord et arrivait à Fékarine le 29, neuf jours après ce malheureux combat.

30 mai. — Ordre est donné à trois compagnies du 3ᵉ bataillon de la légion, à 7 h. 1/2, de toucher immédiatement quatre jours de vivres et de se préparer au départ. Elles quittaient Fékarine à 9 heures, par une chaleur lourde, excessive, se dirigeant sur Bir-el-Amra au-devant du général Détrie, arrivant d'Oran pour prendre le commandement de la colonne Innocenti.

Grand'halte à 1 heure, distribution d'eau pour faire le café; les pètits bidons étaient vides depuis longtemps! L'eau distribuée était boueuse et avait une odeur désagréable; les tonnelets étaient remplis depuis l'arrivée à Fékarine. La marche est reprise après une heure d'arrêt, et, douce surprise, on trouve à 3 kilomètres deux magnifiques puits d'eau bonne, claire, fraiche, abondante, une vrai providence pour la colonne. Ceux qui ont souffert de la soif comprendront notre bonheur. Les bidons étaient remplis, sans une seule exception, lorsque nous quittâmes ce petit paradis.

La soif est le plus grand ennemi du soldat dans ces colonnes à travers ces immenses plateaux dénudés, avec un soleil permanent aux rayons brûlants. Aussi l'eau y est-elle précieuse et les petits bidons soigneusement remplis.

Aujourd'hui, le siroco souffle, soulevant de ses chaudes bouffées un sable aveuglant et brûlant également. Les guides sont précieux à cette occasion, car il est très facile de s'égarer, la vue étant limitée à quelques centaines de mètres. Ils sont absolument indispensables.

A 4 h. 1/2, alerte. Le carré est formé vivement ; on fait coucher les chameaux du convoi ainsi que leurs sokrars, ceux-ci tournant le dos à l'extérieur.

Un fort parti de cavaliers avait été signalé et venait de disparaitre derrière un pli de terrain, chargeant au galop. Un de ces cavaliers s'était détaché et explorait le terrain entre nous et les siens. Trois coups de fusil furent tirés sur cet indigène, qui disparut rapidement et rejoignit les siens, que l'on ne voyait plus.

Quelques doutes subsistant encore sur le nombre et la position occupée par ces cavaliers, une reconnaissance de quelques spahis fut envoyée avant de prendre de nouvelles dispositions de combat. Elle revint, ayant parlementé avec ces cavaliers, Harrars renvoyés de la colonne, qui chassaient la gazelle chemin faisant, en retournant chez eux.

La marche fut reprise. Nous arrivions à 6 heures à Bir-el-Amra, laissant une quarantaine de trainards. La chaleur avait été accablante ; personne n'avait d'eau à la dernière pause, et une soif ardente achevait le fantassin fatigué. Il eût été impossible de continuer la marche, sans prendre un peu de repos et sans distribution d'eau, si l'étape se fût trouvée plus longue. Vers 7 heures, les derniers trainards arrivaient ; la petite colonne était au complet. Nous avions fait 35 kilomètres environ.

Le général était arrivé dans la soirée à Bir-el-Amra avec un escadron du 4e chasseurs d'Afrique ; il comptait sur l'arrivée des colonnes. En effet, son ordre demandant un détachement d'escorte avait été annulé par un autre prescrivant la marche des deux colonnes ; mais le dernier courrier portant cet ordre avait été intercepté par l'ennemi.

Un courrier est envoyé immédiatement. La colonne arrivera demain : nous aurons ainsi un jour de repos, qui sera le bienvenu.

Bir-el-Amra.

Situé au bord du chott, ce point d'eau possède une vingtaine de puits, profonds de 3 à 4 mètres ; l'eau est bonne. Au milieu de dunes de sable, il se distingue du paysage environnant, qui est absolument dénudé, par la présence de quelques tamarins.

Ce gîte d'étape semble plus triste encore que tous les pré-

cédents. Les hommes durent aller loin pour trouver un peu
de thym pour faire de la soupe, et il fut impossible de se
procurer de l'alfa, pour remplacer la paille de couchage,
dont il n'est jamais fait de distribution. Cette plante, que
nous avions trouvée partout en quittant le Tell, faisait absolument défaut.

31 *mai.* — Les colonnes arrivent à 3 heures. On signale
le suicide d'un tirailleur français pendant l'étape, à 12 kilomètres de Bir-el-Amra; le corps est transporté jusqu'à
l'étape, où il est inhumé.

Le général Détrie prend le commandement des deux colonnes, qui restent scindées, cependant, quant aux convois
respectifs, il félicite les troupes qui ont supporté vaillamment fatigues et privations jusqu'à ce jour. En cas de scis-
sion pour la marche, il restera avec la colonne Innocenti.

Les trois compagnies de la légion arrivées hier, doivent
partir demain avec l'escadron qui a escorté le général pour
accompagner au Kreider les blessés de la colonne Innocenti. Contre-ordre est donné à 6 heures du soir : toute la
colonne quittera Bir-el-Amra. Voici ce qui causait cette dé-
cision et empêchait le repos que le général voulait donner
aux troupes arrivées dans la journée : les puits, qui d'abord
semblaient abondants et avaient de l'eau bien claire, don-
nèrent, après les premiers seaux, de l'eau boueuse, puis
puante, et enfin, avant que la colonne arrivée ait eu complète satisfaction, ils étaient vides. Tous les chevaux ne
purent être abreuvés. On distribua les tonnelets. L'eau revint un peu pendant la nuit; le café fut fait, les hommes
remplirent leurs bidons.

De Bir-el-Amra au Kreider.

1er *juin.* — 18 kilomètres environ. Le départ a lieu à 5
heures, la colonne Innocenti en tête. La colonne longe le
chott, vers l'est, pendant deux pauses, puis se redresse vers
le nord pour le traverser.

La marche devient alors très pénible pendant plusieurs
centaines de mètres, car le fond du chott est boueux ; puis,
s'améliorant, elle reste encore mauvaise dans les dunes de
sable, recouvrant 5 ou 6 kilomètres. Peu élevées, ces dunes
forment un labyrinthe de mamelons, que le siroco déplace
constamment.

Le Kreider et, sur la gauche, le petit ksar de Sidi-Krelifa
sont aperçus pendant l'avant-dernière pause. En arrivant,
au pied même de la redoute du Kreider, deux lacs réjouis-
sent la vue et le cœur : nous allons avoir de l'eau à volonté.... Quelle fête !.... C'est si rare en colonne !

Nous en trouvâmes trop même, de cette eau, si courue
d'habitude, car il nous fallut patauger dans un ruisseau qui
alimentait un des lacs, ne pouvant l'éviter sans perdre un
temps précieux.

Le Kreider.

Les ruines de la redoute du Kreider se trouvent au bord
du chott, sur un mamelon ayant de 30 à 40 mètres de commandement ; elles pourraient facilement être mises en état,
sans grands frais. Cet ouvrage rectangulaire, avec bastions
pour défendre chaque face, est construit en maçonnerie de
petits cailloux, ce qui explique la facilité avec laquelle les
intempéries l'ont dégradé. La hauteur des murs est de 1^m,50
à l'intérieur ; ils atteignent 3 mètres à l'extérieur. A ses
pieds, au sud et vers l'ouest surtout, la vue s'étend sur le
chott, sec en ce moment, sauf quatre ou cinq petits lacs
dans lesquels s'écoule l'eau de la source après avoir traversé de petits marais couverts de roseaux. Cette source
jaillit à la cime d'une petite élévation, dans le chott même ;
un bassin de 3 mètres de profondeur, grossièrement construit, formant un demi-cercle, reçoit son eau très claire,
légèrement tiède, mais abondante, et la déverse partie vers
l'est et partie vers l'ouest.

Une redoute carrée, en terre, est construite à 60 mètres

au nord de la source. Ses fossés sont constamment inondés.
Elle était occupée par un poste de la petite garnison, lorsque le Kreider était un gîte d'étape de la route de Géryville.
Vers le nord et l'est, la vue s'étend très loin sur les hauts
plateaux couverts d'alfa.

L'étape ayant été courte, les hommes ne sont pas fait-
gués ; ils pêchent des grenouilles, que nous trouvons excellentes, et se livrent avec un certain bonheur au plaisir de
se débarbouiller, de se laver ; on n'a pas chaque jour d'aussi
belle eau. Les plus heureux sont ceux qui ont encore du
savon : c'est l'exception.

Les ordres sont donnés pour préparer le convoi d'évacuation à diriger sur Saïda ; son escorte ne sera composée que
de cavalerie. L'escadron qui a perdu tout un peloton au
combat de Mouallok rentre à Mascara pour se reformer
entièrement.

L'évacuation sur l'hôpital de Saïda comprend 52 hommes, blessés du 19 et malades des suites de la marche. Un
docteur est désigné pour ce détachement dont le transport
est assuré par la Compagnie franco-algérienne qui a envoyé
au Kreider six grandes charrettes du transport d'alfa. A
son arrivée à Sfid, l'évacuation prendra le chemin de fer
jusqu'à destination.

Les corps sont autorisés à envoyer à Saïda un officier
d'approvisionnement pour y acheter les denrées nécessaires
aux ordinaires, aux popotes d'officiers, et se procurer des
effets pour les officiers qui ont perdu leur cantine le 19 mai.
Les commandes ainsi faites seront transportées par les
voies ferrées jusqu'à M'sbah, gare près de Sfid, où se con-
centre un convoi de ravitaillement qui nous portera le
tout.

3 juin. — Départ du convoi d'évacuation à 7 heures ;
rien à signaler. Repos pour la colonne.

3 juin. — Deux escadrons du 4e chasseurs d'Afrique
quittent le camp à 5 heures du matin, dirigés sur M'sbah,

allant y conduire tous les chevaux disponibles des deux colonnes; ces escadrons escorteront le convoi organisé à cette gare.

Un ordre général nous apprend dans la journée les mesures prises pour combattre l'insurrection qui a pris des proportions inattendues après le combat du 19 mai. Cinq groupes ou colonnes sont formés. Ils opèrent de façon à cerner Bou-Amama et ses contingents et occupent les positions suivantes :

1er groupe (colonne de Tlemcen), a la surveillance de la zone comprise entre la frontière marocaine et Bou-Guern;

2e groupe (colonne du colonel de Brunetière), est à Sfissifa, dans le chott, face à Géryville;

3e groupe (colonne venant de la province d'Alger), est à Tiaret;

4e groupe (colonne du colonel de Mallaret), a la surveillance de la zone comprise entre Bou Guern et Sfissifa et aidera tout spécialement de son concours le 5e groupe qu'il ravitaillera toujours.

5e groupe (colonne légère du général Détrie). Ce groupe doit alléger son convoi et poursuivra l'ennemi dès qu'il pourra avoir le contact. Cette dernière colonne est formée avec l'ancienne colonne Innocenti, à laquelle on a ajouté deux compagnies du 1er bataillon d'Afrique, une compagnie de la légion (4e du 1er), un escadron du 2e spahis, troupes prises à la colonne de Mallaret. Elle doit se mettre en mouvement le 6, après l'arrivée du convoi de ravitaillement.

Du Kreïder à M'sbah.

4 juin. — Ce matin, à 4 heures, grande surprise. Mon bataillon reçoit l'ordre de partir immédiatement pour aller à M'sbah renforcer l'escorte de convoi jugée insuffisante, l'ennemi ayant été signalé dans le nord.

Trois courriers se sont succédé cette nuit. Il parait que

les renseignements du bureau arabe donnent à Bou-Amama le projet de razzier le convoi. — Départ à 5 heures ; grand'-halte après trois pauses et demie à une grande daya, où un immense redir nous donne une eau saumâtre et grasse. Les tonnelets restent sur les chameaux; pas de distribution d'eau. Le café est fait et les bidons remplis avec le chocolat du redir. La direction suivie au départ du Kreider était sensiblement nord-est. Le terrain parcouru, couvert d'alfa, présente un plateau immense sur lequel les yeux cherchent en vain un point de repère : c'est une vraie mer d'alfa ne présentant même pas une vague.

Les vols de gangas et les lièvres, que notre passage fait lever, rompent seuls une monotonie épouvantable. Tourner une touffe d'alfa, puis une autre, et recommencer tout le jour n'est pas une occupation très gaie par elle-même ; y en a-t-il dans une étape! Les lièvres alimentent nos popotes, malgré la défense de chasser, car les Arabes les tuent à coups de matraque durant la marche et les vendent 15 ou 20 sous, quelquefois moins. Voici comment se fait cette chasse :

La colonne marche sur un front de 100 à 150 mètres environ et une profondeur qui varie selon l'allongement du convoi entre les faces latérales, ordinairement de 200 à 300 mètres. Tout lièvre gîté dans cette grande traînée est perdu. Aussitôt aperçu par un indigène, il l'est par cinquante, car cet Arabe crie et le poursuit. Les autres Sokrars cherchent à se placer sur le passage et lancent leur matraque avec une adresse remarquable lorsque le lièvre se trouve à portée. Quelques disputes de courte durée s'élèvent par suite de contestations difficiles à éviter pour savoir quel coup a blessé le lièvre. Le plus souvent, alors, un chef quelconque s'approche, le bachamar, par exemple, et le lièvre lui est donné. Quand l'animal sort de la colonne, au lieu de se jeter dans le convoi, quelques cavaliers indigènes préposés à la surveillance des Sokrars le poursuivent et finissent par le ramener dans la colonne où on ne le manque pas.

La marche est reprise vers 11 heures, direction nord. Le temps est beau, la chaleur moins forte que dans nos dernières étapes. Quatre pauses et demie nous conduisent à M'sbah, où nous trouvons la cavalerie prête à combattre, nous ayant pris pour l'ennemi qui lui était signalé. Une demi-compagnie du 3ᵉ de ligne, qui avait escorté le dernier train portant des vivres, était prête à secourir les escadrons et à défendre les approvisionnements. Pas d'eau à l'étape, la Compagnie franco-algérienne la transporte de l'oued Fallet pour son usage et celui de ses chantiers d'alfa, dont la majeure partie, dans ces régions de la soif, ne possède ni puits, ni source, ni redir. Une fontaine roulante est mise à notre disposition : il y en a huit semblables sur deux trucs accolés. Ce sont de grands cubes en métal, contenant environ 3 mètres cubes d'eau, fermés hermétiquement et possédant chacun un gros robinet à écrou.

Un vent violent, qui dégénère en pluie vers 6 heures du soir, vient agrémenter notre séjour près de la voie ferrée. Une partie des tentes est jetée à terre, les rigoles sont faites prestement; tant pis pour ceux qui ont planté leur tente sans soins et pour ceux qui n'ont pas prévu l'orage ; ils se mouillent et n'ont ni le temps, ni le loisir de se sécher. Le docteur et les officiers envoyés à Saïda arrivent dans la soirée par un train qui porte le complément du convoi.

De M'sbah au Kreider.

5 *juin*. — Nous ne suivons pas tout à fait le même itinéraire qu'hier. Le guide vacille dans sa marche, il s'oriente difficilement, le temps étant couvert. Pendant plusieurs heures, nous passons plus à l'est. Nous rencontrons après la troisième pause un escadron du 4ᵉ chasseurs d'Afrique, envoyé à Saïda, et le colonel Innocenti, qui va prendre à Mascara le commandement de la subdivision.

La grand'halte est faite dans une daya semblable à celle d'hier, mais ayant un redir moins grand dont l'eau est aussi jaune et aussi épaisse. Nous trouvons là, nous attendant, les deux compagnies du bataillon d'Afrique et les deux compagnies de la légion restant de l'infanterie de la colonne de Mallaret.

De nouveaux renseignements avaient fait craindre une attaque avec des forces supérieures; de là cet envoi du renfort. Le convoi arrive au Kreider vers 4 h. 1/2 sans incident.

Nous apprenons que Bou-Amama est signalé à Ben-Hattab èt que la colonne légère serait déjà partie dans cette direction ce soir, si le convoi fût arrivé plus tôt. La colonne de Tlemcen est à Bou-Guern, près de nous.

De nouveaux ordres décident que notre colonne reste constituée comme elle l'était avant l'arrivée du général, sauf la perte d'un escadron de spahis qui passe à sa colonne. Toutes deux vont opérer de concert dans le sud. La colonne Détrie partira demain vers Ben-Hattab; la colonne de Mallaret après demain vers Tismouline.

(Séjour).

6 *juin*. — Départ de la colonne Détrie à 5 heures. Il fait un temps d'orage toute la journée. Les ondées sont fréquentes.

Du Kreider à Oglot-Menesla.

7 *juin*. — Cette étape, franchie en quatre pauses et demie, a 22 kilomètres environ, au lieu de 16 lorsque le chott peut être traversé. Le chemin suivi est assez accidenté; les dunes sont assez élevées. Notre goum éclaire la marche; notre cavalerie est également en tête de la colonne.

Oglat-Menesla.

Les puits sont au bord du chott comme à Bir-el-Amra; mais l'eau est saumâtre, au point que beaucoup d'hommes ne peuvent manger la soupe. On dit pourtant qu'il y a un puits de bonne eau. Nous apprenons que le brigadier chargé de l'entretien des lignes télégraphiques à Frendah a été tué par les insurgés, ainsi que les trente goumiers qui l'accompagnaient ; il allait rétablir le fil télégraphique de Géryville, qui avait été coupé.

D'Oglat-Menesla à Haci-Hadri.

8 *juin*. — Etape de 28 kilomètres, franchie en six pauses. Terrain couvert d'alfa et ondulé après la deuxième pause. Grand'halte à la quatrième pause sur le bord d'un thalweg qui a quelques trous pleins d'eau de pluie. Ce thalweg est à sec, comme toutes les rivières du sud, mais semble charrier beaucoup d'eau à certaines époques, car le lit est large et caillouteux. Il déverse ses eaux dans le chott coulant du sud au nord.

Après la grand'halte, la direction est prise sur le col bien dessiné, au milieu du nœud de montagnes renfermant Haci-Hadri, au pied d'un mamelon en pain de sucre très remarquable, surmonté d'un redjem (amas de pierres placées par les indigènes, servant de signal). Les redjems, sur les mamelons des collines, dans le sud, indiquent presque toujours un point d'eau ; ailleurs, ils servent uniquement à jalonner la route.

Le camp est établi à environ 2 kilomètres du col sur une pente douce inclinée vers le sud ; nous faisons usage de l'eau de redir, les puits ayant été empoisonnés par les Arabes qui y ont jeté des cadavres d'animaux.

Haci-Hadri.

Est un point d'eau, au pied d'une petite colline, remarquable dans ce pays plat, au bord d'un torrent rocailleux, éternellement sec, sauf les rares cas d'orage. Les marchands des villes du Tell s'y arrêtaient en allant dans les

ksours vendre leur marchandise; d'où le nom donné au pays
« Puits des marchands ».

L'alfa est très beau. Nous n'en avions pas encore trouvé
de semblable ; les touffes serrées sont grandes et hautes.

De Haci-Hadri à Tismouline.

9 *juin*. — Distance de 26 kilomètres, environ, franchie en
six pauses.... Terrain accidenté, couvert d'alfa. Nous traversons une série de collines parallèles, ayant une hauteur
moyenne de 25 mètres sur les vallons qui les séparent, se
détachant d'un contrefort du djebel Fessiou pour aller mou-
rir à l'est dans l'immense plateau de Fékarine que nous distinguons très bien, ainsi que le djebel Antar.

Grand'halte à Ouaouab, dans une vallée assez large où se
trouvent quelques redirs.... Eau rougeâtre et fraîche comme
la veille.

Tismouline.

Ce point d'eau est situé dans une vallée très large et peu
encaissée.... Petite plaine dont la pente presque insensible
descend à l'est où les eaux pluviales vont trouver un thalweg courant au nord. On compte trouver encore vingt puits,
un même nombre environ ayant été comblés. L'eau y est
excellente. Près des puits, on trouve, au nord, une grande
mare remplie de joncs ; elle a 50 mètres de long sur 30 de
large et 20 centimètres environ de profondeur moyenne. Au
sud, en remontant la colline, on distingue un cimetière; les
tombes sont mal entretenues, seules, une cinquantaine sont
bien dessinées et entourées de dalles plantées sur le champ
comme dans tout cimetière arabe.

Un petit ksar a existé là. Les nombreuses pierres épar-
ses sur le sol et de petites ruines l'attestent suffisamment.
Son abandon remonte très loin sûrement.

Vers l'ouest, à 500 ou 600 mètres, une végétation tranchant
sur l'aridité environnante donne l'illusion d'un bois. Ce sont

en réalité des joncs d'une mare semblable à celle que nous avons près de nous. La cavalerie y est envoyée à l'abreuvoir.

(Séjour).

10 *juin*. — On profite de ce repos pour ordonner le lavage du linge dans la mare et faire une distribution de vivres. L'approvisionnement ne permet pas de distribuer comme d'habitude du café et du sucre à titre remboursable. Le café de la grand'halte sera supprimé momentanément.... La fièvre typhoïde fait une victime que l'on enterre immédiatement. Les effets sont brûlés.

On apprend que Bou-Amama est signalé vers l'est et que la colonne Détrie s'est portée à sa rencontre, laissant son convoi à Kreneg-Azir avec le bataillon de la légion, sous les ordres du commandant Lafon. Notre rôle est de rester dans l'attente, le mouvement du marabout étant complètement inconnu.

(Séjour).

Départ de Tismouline.

11 *juin*. — Une dépêche du commandant Lafon fait connaitre un engagement peu important.... La colonne Détrie a enfin le contact;... les dissidents remontent vers le nord, — direction de Frendah. L'ennemi a eu trente hommes hors de combat; nous avons eu deux blessés..... On s'attend à une journée sérieuse pour le lendemain.

A 3 h. 1/2, l'ordre de départ est donné. Tismouline est abandonné à 5 h. 1/2... On prend la direction du nord. Nous apprenons, chemin faisant, que la colonne doit se porter en toute hâte au Kreider pour parer aux éventualités, le marabout ayant résolument dirigé ses contingents sur le nord. Le commandant Lafon remonte jusqu'à Sfissifa. Nous campions à Ouaouab, où nous arrivions à 8 heures... (10 kilomètres environ).

De Ouaouab à Menesla.

12 *juin*. — Partis à 5 h. 1/2, nous n'arrivions qu'à 6 heures du soir, ayant franchi 45 kilomètres. La colonne arrive péniblement : la chaleur suffocante de la journée et la longueur de l'étape ont éprouvé tout le monde ; aussi, distribue-t-on immédiatement une ration d'eau-de-vie, une ration de viande de conserve et deux litres d'eau par homme. Cette distribution d'eau tirée des tonnelets était indispensable... On se rappelle que beaucoup d'hommes n'avaient pu manger la soupe faite avec l'eau de Menesla.

Dès l'arrivée, l'ordre nous apprend que Bou-Amama est signalé à Tissine, entre Saïda et Frendah. La colonne se portera au Kreider demain.

A 7 heures, nouvel ordre : nous restons à Oglat-Menesla pour surveiller le passage des dissidents. au sud du Kreider... Peut-être choisiront-ils Haci-Hadri. Ils traînent un fort convoi et marchent péniblement... Enfin !... on croit toucher au but... Nous aurons bientôt le bonheur de faire payer aux insurgés les fatigues et les privations subies ! Cette espérance nous contente, et la fatigue du jour est oubliée.

(Séjour).

13 *juin*. — Arrivée du courrier de Daya à 9 heures. Ce service a toujours bien fonctionné et fait honneur au bureau arabe de Daya et à ses cavaliers, qui connaissent parfaitement le pays et trouvent toujours la colonne malgré ses mouvements.

Un spahis accompagne les deux goumiers porteurs du courrier... Il rend compte au colonel qu'un convoi de 41 mulets, parti de Daya, était arrivé péniblement à Sidi-Krelifa, près du Kreider, et que six de ces animaux étaient absolument hors de service. Il demandait quelques chameaux pour prendre leur chargement... ce qui fut accordé aussitôt. Ce convoi n'avait pour escorte que quatre spahis du bureau arabe.

Il est heureux qu'il ait pu nous arriver sans être enlevé.

La journée se passe sans incident nouveau. L'eau des puits, notre seule ressource aujourd'hui, produit son effet habituel... le docteur ne donnera pas de laxatif de plusieurs jours... Il faut espérer que notre séjour ne se prolongera pas, car il deviendrait très dangereux pour l'état sanitaire de la colonne.

A 10 heures du soir, l'adjudant de bataillon de service prévient chaque chef de détachement que le départ aura lieu à 2 heures du matin. Il ne sera fait aucune sonnerie, et le silence sera observé pendant la marche. Cette nouvelle suit comme une trainée de poudre de tente à tente, où le sommeil est léger, résultat de notre chère eau et de l'attente d'un événement prochain. Elle provoque un soupir de satisfaction. Enfin, le moment s'approche !

Le convoi arrive à minuit et demi. Un des spahis, questionné sur la diligence faite pour arriver à pareille heure, me répond : « Sidi-Bou-Amama approchait de Sidi-Krelifa ; je craignais pour ma tête et pour le convoi... On croit qu'il sera cette nuit au Kreider. Ces renseignements me viennent de goumiers qui ont livré combat à un parti de dissidents. Un de leurs caïds a été tué, un autre a été blessé, et quatre goumiers désarçonnés ont disparu. »

L'agha des Beni-Mattar rendait compte de cette escarmouche au colonel vers 10 heures. L'affaire avait eu lieu à 5 ou 6 kilomètres du Kreider, sur les plateaux nord-est. Il était furieux d'avoir été ramené par les Traffis plus nombreux ; il repartait à minuit avec tout son goum, espérant prendre sa revanche et venger cet échec.

D'Oglat-Menesla au Kreider.

14 *juin*. — Départ à 2 heures du matin. Marche de nuit rendue difficile, surtout par les dunes couvertes de touffes d'alfa. La colonne marche serrée, prête à tout événement.

Dés feux sont signalés à l'est; les goumiers vont les reconnaître. Demi-heure après, arrêt de la colonne, pendant
qu'une reconnaissance de quelques spahis, commandés par
le lieutenant du bureau arabe, va compléter celle des goumiers. La marche est reprise à la rentrée de ces reconnaissances, qui n'ont rien vu. Les feux signalés étaient peut-être
ceux de nos chouafs (éclaireurs) du goum de Beni-Mattar.

Massacres de Saïda.

Pendant cette dernière partie de l'étape, nous apprenons
que Bou-Amama a razzié des chantiers d'alfa, brûlé le village de Kralfallah (gare du chemin de fer, terminus de la
Compagnie franco-algérienne), massacrant les Européens
qui n'avaient pas abandonné leur demeure, car la plus
grande partie avaient fui devant lui et gagné le village d'Aïn-
el-Hadjar.

Arrivée au Kreider, la colonne campe sur le versant du
chott, au pied de la redoute occupée par un poste d'observation. La cavalerie, sous les ordres du lieutenant-colonel
Gaillard, est envoyée vers 10 heures pour reconnaître et
combattre, au besoin, des groupes signalés à l'ouest de
Sidi-Krelifa. Le mirage avait exagéré, car les groupes de
cavaliers signalés n'étaient réellement que les chameaux du
k'sar de Sidi-Krelifa, pacageant tranquillement.

Une dépêche du commandant Lafon fait connaître le
passage du marabout à El-May, venant de l'est, razziant
tout sur son passage, tuant les hommes, laissant les enfants, emmenant les femmes, se dirigeant vers le sud en
passant au Kreider.

L'ordre fait connaître dans la journée qu'une prise d'armes est imminente.

De nombreux coureurs ennemis entourent le camp, défense expresse de s'éloigner; on ne va à l'eau qu'en ordre
et en armes. La vigilance la plus grande est recommandée
aux avant-postes.

La journée se passe sans autres nouvelles ; elle est d'une longueur extraordinaire ! un sirocco épouvantable souffle sans un seul moment de répit ; il soulève le sable qui cause un brouillard aveuglant et bornant l'horizon qui est réduit à quelques mètres. L'attente, cette chaleur, ce sable sont énervants !... La nuit arrive enfin, avec un peu de fraîcheur ; on respire, mais cependant pas de nouvelles de l'ennemi.

Marche sur Sidi-Krelifa. — Les 6 coups de canon.

15 *juin*. — On devait faire séjour. La soupe était sur le feu lorsqu'à 9 heures l'ordre de lever le camp est donné. Bou-Amama était signalé à Sidi-Krelifa, k'sar situé à 6 kilomètres environ dans la direction ouest, sur le bord du chott. Les marmites sont renversées conservant la viande à demi cuite ; le départ a lieu à 10 heures. Nous gravissons les pentes pour arriver sur le plateau, suivant ensuite les bords même du chott'en silence, ayant retiré les bouchons de fusil, prêts à tout événement.

On croit toujours apercevoir des groupes vers le nord,.. le sirocco, l'infâme sirocco, soufflant et favorisant le mirage. Erreur !

Nous arrivons sans incident à Sidi-Krelifa, ayant eu pendant toute la marche la cavalerie et les goumiers collés à la colonne.

Sidi-Krelifa.

Ce k'sar (village) est en grande partie en ruines. Une quinzaine de maisons basses, espèces de gourbis, sont seules habitables ; quelques tentes sont dressées dans l'intérieur des cours pour abriter une partie de la population. L'eau est abondante, les sources coulent dans les jardins, qui sont entourés de murs comme dans tous les k'sours. Quelques abricots à peine mûrs et des oignons sont les produits du moment. La source la plus importante, celle où sont abreuvés les animaux du k'sar, est située au-dessus du village, au nord, près de deux koubas. Le cimetière forme une belle position militaire, sur un mamelon, à l'ouest, dominant tout le pays.

Les habitants sont pasteurs : l'élevage des moutons est leur unique ressource. Descendants d'un marabout très vénéré, Bou-Amama les a épargnés. Ils prétendent cependant avoir été razziés et se posent en victimes ; mais les troupeaux qui rentraient le soir, les volailles qu'ils ont pu nous vendre, n'auraient pas été laissés.

Un de nos goumiers, porteur de dépêches, a été dévalisé la nuit dernière dans le k'sar même par les insurgés de passage. Le courrier, son cheval, son burnous, lui ont été volés ; les gens du village n'ont pas cherché à le défendre, étant numériquement trop faibles.

Nous dépassons le k'sar, nous dirigeant sur le cimetière où le colonel fait établir le camp qui commande le pays environnant.

Pendant l'installation, on croit voir des groupes passer au loin, et six coups de canon sont tirés à tout hasard avec les hausses de 3,500 et 4,000 mètres. Il est midi. Le sirocco dure toute la journée. Chacun veille, les yeux rougis, pleins de sable. Comment pourrait-on dormir?... On se sent sur un volcan ! des réflexions s'échangent. Chacun s'irrite de ne pouvoir atteindre cet ennemi qui nous fait tant courir, afin de le châtier sévèrement, venger les massacres de Saïda, et délivrer enfin de l'inquiétude l'Oranie entière.

Ma tente occupe exactement le sommet du mamelon, tout à côté de l'unique mausolée. Elle a eu de nombreuses visites.... Presque tous les officiers y passent, car à l'intérieur, à l'abri du soleil, et un peu du sirocco, on peut scruter à la lunette tout le nord et l'est. On désire tant voir ! Vers 3 heures, après un moment d'espoir, vite passé, nous voyons arriver 800 goumiers que nous avions d'abord pris pour des

ennemis. Ce goum, commandé par les caïds respectifs de
chaque tribu, n'avait pour représenter l'autorité française
que six spahis indigènes, dont un brigadier, du bureau arabe
de Saïda! C'était peu. Le rôle de ces cavaliers consistait à
harceler le marabout et à lui reprendre le plus possible de
son immense convoi razzié chez nous. Le colonel n'a ni
vivres ni orge à leur donner et les renvoie à leur mission;
ils disparaissent vers le nord-est.

Ces goumiers nous apprennent que les contingents du
marabout ont dû passer près de nous toute la matinée, qu'ils
devaient avoir atteint Chaïb dans le chott, où ils passeront
la nuit.

De Sidi-Krelifa à Chaïb.

16 *juin*. — Etape de 30 kilomètres, tout entière dans le
chott suffisamment sec... Grand'halte aux puits d'Aouïnet-
el-Ghozélane, à 5 ou 6 kilomètres de Chaïb.

Nous prenions au départ la direction de la ligne de
mire employée par le lieutenant d'artillerie... On voulait
vérifier l'effet produit par les projectiles à leurs points de
chute. Le cadavre d'un cheval atteint d'un éclat d'obus, des
traînées de sang, démontrent que l'ennemi passait là hier,
et que les groupes entrevus, presque devinés à travers le
sirocco, n'étaient pas l'effet du mirage.

La marche est arrêtée une demi-heure environ pendant
la 2ᵉ pause. Trois coups de canon, et le bruit sourd d'une
fusillade lointaine en étaient la cause... On n'a jamais pu
connaître d'où étaient parties ces détonations entendues par
tous; les colonnes étaient trop éloignées, et du reste n'avaient
pas eu d'affaire ce jour-là.

Des traces nombreuses et fraîches sur le sol uni et légèrement humide du chott viennent appuyer les renseignements
donnés par les goumiers de Saïda; on remarque près de
nombreuses empreintes de pieds nus de rares traces de
chaussures européennes qui indiquent la présence des pri-

sonniers espagnols au milieu du convoi. Nous trouvons encore, à 15 kilomètres, un cadavre de cheval, mort aussi de blessures d'obus, qui avait pu se traîner jusque là; puis, plus loin et séparément, des animaux abandonnés : trois chameaux, deux petits ânes et un veau tous trop jeunes pour suivre.

Les traces de campement montrent que l'ennemi a bivouaqué à Oglat-el-Ghozelane et Chaïb; là surtout se sent une précipitation extraordinaire, car nous y trouvons quelques chameaux abandonnés tout chargés de bois, deux chevaux dont un chargé de deux cantines d'officiers et d'une très jolie *guittoune* (tente arabe), un fusil de chasse à deux coups, des guerbas (peaux de bouc) à moitié remplies au bord du lac, des paquets de tabac, des paquets de chicorée, etc. etc.. Un de ces chevaux, piqué par des sangsues de la mare, saignait abondamment. Il était très maigre, se soutenait à peine, et fut reconnu nôtre; l'empreinte du 4ᵉ chasseurs d'Afrique sur son sabot montrait son origine. Lui et les cantines provenaient du combat de Mouallok.

Les dissidents semblent s'être divisés en quittant Chaïb... Quelques traces vont au nord, d'autres à l'ouet; enfin les plus nombreuses au sud, vers Fekarine.

Aïounet-el-Ghozelane.

(Les petites sources des gazelles.)

On appelle ainsi un point d'eau où se trouvent deux sources et trois puits, sur un mamelon sablonneux, dans le chott. Un des puits, celui de l'est, est saumâtre; les sources n'ont qu'un petit débit et forment chacune une petite mare d'où l'eau disparaît, tant par l'évaporation que par l'infiltration.

Chaïb.

Ce point d'eau est situé sur un mamelon élevé de 8 à 10 mètres au-dessus du chott.

Les sources sont, comme au Kreider, tout à fait au sommet, jaillissant au fond d'un bassin d'eau. L'eau s'écoule vers l'est, et forme à mi-côte un assez grand marécage. De grands tas de pierres indiquent, comme à Tismouline, les ruines d'un k'sar depuis longtemps disparu. Comme au Kreider, l'eau est un peu tiède; elle est puisée au-dessous du bassin pour notre consommation; les animaux sont envoyés à l'abreuvoir ou marais. Un poste de police y veille.

(Séjour.)

17 juin. — Contrairement à l'ordre donné hier soir, la colonne ne fait pas de mouvement Quelques feux ont été signalés pendant la nuit dans la direction de Bou-Guern.

18 juin. — Un escadron de chasseurs, accompagnant 400 chameaux envoyés pour le ravitaillement, quitte le camp à 3 heures du matin. Le trajet se fera en deux jours : El-Hammam, 48 kilomètres, puis Daya, 32 kilomètres.

Vers 8 heures du matin, une des grand'gardes fait conduire au colonel un homme ramené par des goumiers qui l'avaient trouvé errant dans le chott. C'est un malheureux Espagnol, prisonnier de Bou-Amama, vêtu d'un mauvais burnous, qui a réussi à s'évader la nuit dernière; il est mourant de faim et souffre beaucoup d'une blessure par coup de feu à l'épaule gauche. Voici ce qu'il raconte : « Bou-Amama a attaqué notre chantier le 10 juin. Nous nous sommes défendus, mais nous avons été vaincus par le nombre. La plupart de mes camarades ont été tués; les survivants, non blessés ou blessés pouvant marcher, ont été emmenés, ainsi que les femmes et les enfants. Nous servions de domestiques aux chefs, qui nous faisaient subir de mauvais traitements et nous donnaient peu de nourriture. Nous étions séparés, et défense expresse de communiquer entre nous !

» Les massacres ont dû être nombreux, car depuis le 10 le butin a augmenté chaque jour jusqu'au 15. A chaque piste de charrettes rencontrée sur les plateaux, voici ce qui se passait : un groupe de 60 cavaliers suivait cette piste vers le nord ; un autre groupe de même force vers le sud, et quelques heures après un des deux groupes ramenait mulets et provisions, les charretiers ayant vraisemblablement été massacrés.

» Je ne puis, même approximativement, dire le nombre de prisonniers emmenés par le marabout, étant données la surveillance rigoureuse dont j'étais l'objet et l'impossibilité de me renseigner.

» Le camp de Bou-Amama est à Fékarine, 40 kilomètres environ, mais tous les contingents n'y sont pas; il y a des campements à moins de 15 kilomètres de Chaïb. Le plus grand de ces campements est immense; il faut au moins une heure pour en faire le tour. Il y en a cinq ou six autres plus petits. »

Après avoir pris un peu de nourriture, cet homme a été pansé par le docteur de la légion. Sa blessure n'offre aucune gravité, la balle ayant traversé les chairs à l'épaule gauche. (Séjour.)

19 *juin*. — Des ordres particuliers sont donnés pour les travaux de propreté dans le camp et ses abords; on apprend que le général Détrie est au Kreider.

20 *juin*. — La colonne est très fatiguée par cette longue attente à Chaïb, où il fait une chaleur tropicale. Le thermomètre, qui arrive chaque jour à 45 degrés, est monté aujourd'hui à 49; on constate plusieurs cas de dysenterie.

On apprend que le commandant supérieur de Géryville s'est porté à 25 ou 30 kilomètres de ce poste avec sa garnison, deux compagnies de la légion, pour surprendre les Laghouat-Ksel, que la colonne Détrie avait repoussés vers le sud.

Cette opération a très bien réussi. Les dissidents ont abandonné une trentaine de morts sur le terrain et tous leurs troupeaux. C'est la ruine pour cette tribu.

21 *juin*. — Vente des animaux provenant de l'ennemi, à 4 heures, par le fonctionnaire sous-intendant.

Elle rapporte 202 francs! Les petits ânes sont vendus 1 franc et 1 fr. 50 à des hommes du bataillon d'Afrique, qui les destinent à leur marmite, car ils sont trop jeunes pour suivre la colonne. L'ordre de départ est enfin donné. Nous quitterons demain cet îlot de feu. Il ne sera pas regretté.

De Chaïb à Bou-Guern.

(30 kilomètres environ.)

22 juin. — Grand'halte après quatre pauses aux puits d'El-Amra, que nous connaissons déjà. De là, deux pauses nous conduisent à Bou-Guern. Le chott n'a pu être traversé en ligne droite. Nous avons dû le suivre sur le bord nord jusqu'à El-Amra, ce qui a allongé l'étape de 6 ou 8 kilomètres.

Dès l'arrivée, l'ordre nous apprend que les opérations sont interrompues pour être reprises en octobre après les fortes chaleurs. Nous devenons colonne d'observation, stationnée à Ras-el-Ma, pour garder la vallée de la Mekerra.

Bou-Guern.

Ce point d'eau est remarquable par la quantité et la qualité de ses puits, qui, au nombre de cinquante, sont par groupes de quatre ou cinq, profonds de 3 mètres, à l'extrémité ouest du chott. Leur nombre était bien plus grand, car beaucoup ont été comblés. Ceux qui restent ont une eau claire, fraîche, excellente. Bou-Guern est fréquenté par les Hamyans, qui viennent y abreuver leurs troupeaux pendant l'été, pacageant dans le chott ou sur les plateaux environnants.

(Séjour.)

23 juin. — Arrivée du convoi à 1 heure; il porte du pain dont on distribue aussitôt une ration par homme et trois par officier. C'est une vraie fête! Il y a si longtemps que l'on n'en a mangé!

24 juin. — L'ordre de départ est donné pour demain; l'état sanitaire est bon, l'eau de Bou-Guern ayant un peu corrigé les effets de celle de Chaïb, ce repos était indispensable. Ce séjour n'a pas été sans désagrément, car le sirocco a soufflé régulièrement pendant deux´ heures chaque jour, vers 5 heures du soir, avec une violence extraordinaire, au point d'empêcher le repas, car le sable pénétrait dans les tentes les mieux fermées; nous avions dû nous résoudre à attendre 7 heures pour dîner.

De Bou-Guern à Djerf-el-Korab.

25 *juin*. — Etape de 28 kilomètres. Pendant quatre pauses, nous longeons le bord du chott, puis la colonne s'engage dans un étranglement du bord nord pour remonter sur les hauts plateaux par une vallée étroite; les berges sont abruptes partout ailleurs. Nous retrouvons à 3 kilomètres le lit de l'oued El-Hammam, que nous remontons jusqu'à l'étape, où se trouvent de nombreux redirs. Le camp est installé près d'un cimetière, à 300 mètres de notre ancien campement.

De Djerf-el-Korab à El-Hammam.

26 *juin*. — Cette étape est connue. Grand'halte auprès de grands redirs à 6 kilomètres d'El-Hammam.

Le chantier d'alfa a été abandonné; il est intact. Les gourbis, l'alfa, n'ont pas été brûlés.

La chaleur est excessive. L'étape semble s'allonger, tellement la fatigue est grande. Il nous tarde d'arriver, car les bidons sont vides. Nous sommes impatients également d'apercevoir les premiers arbres de la forêt de Daya. Nous n'en avons plus rencontré depuis que nous les avons quittés et les touffes d'alfa ne peuvent les remplacer pour abriter des rayons du soleil.

A l'arrivée, un convoi nous était annoncé et l'évacuation de malades ordonnée pour le lendemain. Deux prolonges

du train nous portent du pain, dont la distribution est faite
à 3 heures; elles emporteront les malades évacués.

(Séjour.)

27 *juin*. — Départ du convoi d'évacuation à 5 heures du
matin; un convoi de vivres arrive à 3 heures.

28 *juin*. — Le médecin-major de 1re classe de la légion est
évacué en litière. Quelques chasseurs l'escortent. Son état,
qui inspire encore de vives craintes, n'a pas permis son
évacuation hier. La fièvre et le délire ne l'ont quitté que
cette nuit.

El-Hammam n'est pas décidément un point d'eau suffisant
pour notre colonne, car, malgré les précautions prises pour
diminuer la consommation, la cavalerie et le goum allant à
l'abreuvoir à un redir situé à 3 kilomètres, ses puits sont
vides, on n'en retire plus que de la boue.

L'eau des tonnelets est mise à contribution; une corvée
va les remplir au redir du chantier d'alfa. Les compagnies
sont autorisées à envoyer à l'eau des corvées armées afin
d'avoir celle nécessaire pour le café du matin et pour remplir tous les bidons au départ, car il est décidé que la colonne quitte El-Hammam demain matin.

El-Hammam à Feïd-el-Guefoul.

29 *juin*. — 20 kilomètres. Le départ a lieu à 4 heures afin
d'éviter la chaleur. Direction nord-ouest. Après une pause
entière sur un plateau, le terrain devient plus accidenté, et
l'on aperçoit le djebel Beguirat, plus connu sous le nom de
la Vache et le Veau, que lui ont donné depuis longtemps nos
troupiers à cause de la forme originale de ses deux pics.

Nous descendons à partir de ce moment, quittant les plateaux dont les eaux s'écoulent dans le chott pour les vallons du versant méditerranéen qui, eux, sont tributaires de la
Mekerra. L'aspect du paysage change entièrement. La monotonie des plateaux d'alfa est remplacée par des points de

vue se succédant sans jamais se ressembler. La forêt surtout, que nous distinguons parfaitement, nous cause une vraie
joie... L'ombrage est si précieux dans ces pays de canicule !
A l'étape, de grands redirs, ils nous font apprécier le petit
morceau d'alun qui nous reste encore à la popote.

De Feïd-el-Guefoul à Ras-el-Ma.

30 *juin.* — Environ 18 kilomètres enlevés vivement avant
la chaleur. Nous passons au pied du Beguirat. Le colonel
de Mallaret nous quitte, se dirigeant sur Daya pour rentrer
à Sidi-bel-Abbès. La colonne sera commandée par intérim
par le lieutenant-colonel Gaillard, des spahis, le nouveau
chef de notre colonne, devenue colonne d'observation, n'é-
tant pas arrivé.

(Séjour.)

1er *juillet.* — L'emplacement choisi à l'arrivée pour y établir le camp, sur la rive gauche des sources, semble défec-
tueux pour la défense ; aussi décide-t-on que le camp sera
levé demain pour l'établir à environ 3 kilomètres en aval,
sur une croupe commandant très bien les abords.

Ras-el-Ma.

Ce nom, qui signifie en arabe « tête de l'eau », est donné
par les indigènes au territoire qui donne naissance aux principales sources de la Mekerra. Nous ferons comme eux,
en l'employant de préférence pour les sources mêmes près
desquelles le camp reviendra bientôt. Dès ce point, la rivière
existe, les sources ne tarissant jamais ; mais elle n'a pas un
cours très régulier, disparaissant parfois complètement sur
une longueur de 50 à 100 mètres, quelquefois même sur un
parcours plus prolongé, pour reparaître plus large avec des
trous poissonneux. La vallée de la Mekerra est une voie
naturelle d'invasion dont la défense est d'autant plus impor-

tante qu'elle débouche dans le Tell, dans la riche contrée de l'ancienne subdivision de Sidi-Bel-Abbès.

2 juillet. — Le changement de camp a lieu dès le réveil. Installation et corvée de bois.

3 juillet. — Une grande corvée de bois est organisée pour tous les corps de la colonne ; les mulets du train, de l'artillerie et vingt-deux chameaux par compagnie sont mis à la disposition de cette corvée armée, qui nous rapporte le soir une grande provision pour nos cuisines ; elle se renouvellera périodiquement.

Une compagnie du 17ᵉ de ligne et l'état-major de son bataillon, venant de Magenta, arrivent à 3 heures ; les autres compagnies viendront incessamment, ce bataillon étant désigné pour faire partie de notre colonne.

Reconnaissance de Marhoum.

Notre nouveau chef, le lieutenant-colonel Duchesne, de passage à Daya, et rejoignant la colonne, est informé que des coureurs de Bou-Amama, formant un parti assez considérable, marchent sur Marhoum, gare terminus où se trouvent des approvisionnements considérables à l'usage des chantiers d'alfa de la Compagnie franco-algérienne.

Organisant immédiatement une colonne légère avec les deux compagnies du 17ᵉ de ligne, de la garnison et deux pièces d'artillerie de la place, le lieutenant-colonel se porte à Marhoum, pour défendre ce point au besoin et empêcher de nouveaux massacres.

La garnison de Magenta envoyait, à 8 heures du soir, une de ses compagnies pour remplacer à Daya la garnison absente. La promptitude de ce mouvement sauva Marhoum, dont les dissidents s'éloignèrent. La petite colonne rentra à Daya sans avoir eu à combattre, ayant montré beaucoup d'entrain pendant cette marche forcée.

Les deux compagnies du 1ᵉʳ bataillon d'Afrique nous quit-

tent aujourd'hui pour se rendre à Daya, où l'une restera
en garnison, tandis que l'autre continuéra sa route jusqu'à
Tlemcen, son dépôt. Deux pelotons de l'escadron de spahis
• partent également pour aller au Kreider.

4 *juillet.* — On annonce l'arrivée prochaine d'un escadron
du 2ᵉ chasseurs d'Afrique.

5 *juillet.* — La compagnie du 17ᵉ, relevée à Daya, arrive
au camp à 4 heures. C'est de cette marche que date le
sobriquet accolé au n° 17 pour ce bataillon de ligne. Il l'a
conservé jusqu'à sa rentrée en France. Tous les troupiers le
connaissaient : « le 17ᶜ haut-le-pied ».

Le 17ᵉ haut-le-pied.

La compagnie, relevée par celle du bataillon d'Afrique,
devait quitter Daya le lendemain. L'ordre émanant du commandant supérieur indiquait que les chameaux demandés
pour le transport de ses bagages, plus six en excédent,
haut-le-pied, seraient dans la redoute à 4 heures du matin.

Tout se passa régulièrement. Le lendemain, les Sokrars
firent accroupir leurs chameaux, comme d'habitude, leur
attachèrent une patte comme cela se fait toujours pour
obtenir leur immobilité, et procédèrent au chargement, qui
fut réparti comme il avait été dit, sans avoir recours aux
six chameaux donnés en excédent. Ceux-ci se levèrent,
ayant toujours une patte attachée, tandis que les chameliers avaient détaché celles des animaux chargés.

Le capitaine, s'assurant du chargement avant le départ,
demanda à l'adjudant ce que faisaient-là ces chameaux.

— Ce sont les chameaux haut-le-pied, mon capitaine,
répondit ce sous-officier.

— Je le vois bien, parbleu ! Mais que voulez-vous que
j'en fasse ? Ils ne pourront jamais suivre sur leurs trois
pattes ; ils peuvent bien les garder, leurs chameaux ! Nous
les laisserons ici.

Ce propos, qui n'était qu'une plaisanterie, fut pris au vol
par les joyeux du bataillon d'Afrique rôdant matinalement
dans la citadelle. Ils le répétèrent à tous les échos dans leur
langage imaginé, et « as-tu vu le 17ᵉ haut-le-pied » passa à
l'état de scie pour un moment, mais resta définitivement le
sobriquet du bataillon du 17° de ligne.

6 *juillet.* — Arrivée du lieutenant-colonel Duchesne à
10 h. 1/2. Le lieutenant-colonel Gaillard quitte la colonne à
3 heures, rappelé à Sidi-bel-Abbès.

7 *juillet.* — Arrivée des deux dernières compagnies du
17° et d'un escadron du 2° chasseurs d'Afrique.

La colonne est constituée à son nouvel effectif pour son
service d'observation à Ras-el-Ma.

COLONNE DU RAZ-EL-MA

Commandée par le lieutenant-colonel Duchesne (juillet au
10 octobre 1881).

6 *au* 11 *juillet.* — Repos complet. Pas de nouvelles du
Sud. C'est à croire que le soleil a fondu les dissidents ainsi
que les autres colonnes, dont on ne parle pas davantage.
Toutefois, les journaux, toujours bien informés, nous ré-
créent par leurs observations fantaisistes, voyant l'agitateur
du Sud oranais partout à la fois.

On subit une chaleur tropicale, s'ingéniant pour se pré-
server. On étouffe littéralement de 9 heures du matin à
4 heures du soir. Toutes les boissons hygiéniques connues y
passent ; la quantité de liquide absorbé est considérable. Nous
ne pouvons réussir d'une façon absolue à satisfaire une soif
inextinguible. L'alcool de menthe de Ricqlès fait prime sur
ses concurrentes les poudres acidulées.

Pour rafraîchir l'eau, le vin, nous employons le moyen
que je recommande en pareille occasion, car il est excellent :
recouvrir avec du drap les bouteilles, que l'on suspend en plein
air, mais à l'ombre, débouchées, après les avoir trempées

dans l'eau. Les laisser pendant une heure ou deux, en ayant soin de mouiller le drap lorsqu'il est sec. On obtient ainsi une boisson très fraiche, réconfortante et agréable.

12 *juillet*. — Une colonne légère, composée du 3ᵉ bataillon de la légion, de l'escadron de chasseurs, de la section d'artillerie et du goum des Beni-Mattar, quitte le camp à 5 heures du matin, emportant huit jours de vivres. Elle a pour objectif Marhoum et son départ a pour cause la défection probable des Rezaïnas, tribu dépendant du bureau arabe de Saïda. Nous allons suivre cette colonne, que commande le lieutenant-colonel Duchesne.

La première étape est faite aux redirs de Feïd-el-Guefoul, route connue ; nous arrivons à 10 heures. Une dépèche de la division nous apprend les faits suivants :

Combat du Kreider.

Trois compagnies du bataillon Jacquey, du 2ᵉ tirailleurs, gardaient au Kreider le convoi de la colonne Détrie pendant que cette colonne opérait une reconnaissance. Les dissidents, profitant de l'éloignement du général, ont attaqué ce détachement dans le but de razzier le convoi ; mais leurs efforts ont échoué devant la ténacité de nos tirailleurs, qui leur ont infligé des pertes sérieuses estimées à 200 hommes environ. Nous avons eu un officier tué, le sous-lieutenant Djelloul-ben-Abderahim, et un officier blessé, le lieutenant Bourret ; cinq tirailleurs ont été également blessés. Les forces envoyées par le marabout sont évaluées à 300 cavaliers et 200 fantassins. Notre effectif n'atteignait pas le tiers. C'est un vrai succès qui fait grand honneur au commandant Jacquey pour les excellentes dispositions qu'il a prises pour défendre le convoi.

13 *juillet*. — Etape à El-Hammam, où nous recevons un convoi de pain à 4 heures. Bou-Amama a été signalé à Bédrous, puis au nord de Sfissifa. Il semble se diriger sur

Tiaret, où, dit-on, il va razzier les Harrars, dont les défenseurs font partie du goum de nos colonnes.

(Séjour.)

14 *juillet.* — Ce repos nous permet de penser à la Fête nationale, célébrée si joyeusement en garnison. Les ordinaires font acquisition de moutons, profitant du voisinage de quelques nomades, et cet extra est arrosé par une ration de vin qui nous arrive à point de Daya.

Le programme n'était guère chargé. Une surprise vint s'y greffer vers 8 heures du soir : on sonnait à l'ordre. « Départ de la colonne à 10 heures, direction de Chaïb. La tribu des Rezaïnas vient de faire défection et gagne le sud, où elle va grossir les rangs du marabout ; il s'agit de lui barrer le passage à Chaïb. »

El-Hammam à Chaïb.

15 *juillet.* — Cette marche est la plus fatigante que nous ayons eue. La longueur est de 50 kilomètres environ.

Partie à 10 heures du soir, au moment même du lever de la lune, la colonne n'arrivait que le lendemain à midi et demi à Chaïb, rompue, incapable de faire le moindre effort s'il eût été nécessaire. La soif, cette ennemie terrible, avait anéanti la force et le courage de nos pauvres fantassins ; ils se traînaient très péniblement, surtout pendant les deux dernières pauses.

Ils allaient, l'œil hagard, n'entendant plus rien, ne voyant pour leur salut que la verdure de Chaïb, la terre promise !

La marche de nuit avait été très pénible à travers les touffes d'alfa et de thym, contre lesquelles on butait à chaque instant, prenant pour la touffe l'ombre projetée par la lune sur un terrain uni et plat. Chacun commettait cette étrange erreur et y retombait à tout instant.

A 5 heures du matin, grand'halte d'une heure. On dormait

en prenant le café ; la marche fut reprise, chacun se frottant les yeux.

La chaleur commença de très bonne heure, lourde, sans un nuage au ciel, sans un souffle de vent, sur un plateau immense n'ayant pas la moindre ondulation. Les bidons furent vides avant 8 heures. La marche devenue plus difficile, il y eut des traînards, que l'on ne voulait pas abandonner et que l'on ne pouvait mettre en cacolet à cause du nombre restreint de mulets. L'allure fut, par suite, ralentie et les pauses raccourcies.

A 9 heures, on distribua un tonnelet d'eau par compagnie. Ce n'était pas suffisant, hélas ! Cette eau fut bue sur place, et tous les hommes n'en eurent même pas, les plus débrouillards s'étant présentés deux fois. Quelques Sokrars se virent déposséder de leur guerba (outre en peau de chèvre) parce qu'elle contenait encore un peu d'eau. Cette distribution était faite pendant un repos d'un quart d'heure ; la marche reprenait aussitôt.

Vers 10 heures, l'espoir renait. Un soupir de satisfaction s'échappe de toutes les poitrines : Chaïb est là, avec son bouquet de verdure dans le chott. Nous l'apercevons à nos pieds par la trouée de la vallée du feid Ahmed, que nous suivons. Une déception nouvelle nous attendait : il restait 8 kilomètres à faire au lieu de 4, auxquels on évaluait la distance, et, circonstance aggravante, nous nous engagions dans une gorge étroite et longue pour descendre les hauts plateaux.

Le peu d'air dont nous profitions disparaissait ; nous étions dans une étuve. Les hommes étaient à bout de forces ; les traînards augmentaient ; les rangs n'étaient plus dessinés ; la marche avait une lenteur désespérante. Deux nouvelles haltes furent nécessaires, indispensables même. Enfin, à midi et demi, la tête de la colonne arrivait sur le mamelon de Chaïb.

Une satisfaction cependant nous était réservée à l'arrivée,

pour nous consoler de notre fatigue : les Rezaïnas n'étaient
pas passés; nous arrivions à temps, avec l'espoir de les
arrêter.

Pas un des chiens de la colonne n'était arrivé. Ces malheureux animaux étaient restés en route, mourant de soif,
le plus grand nombre dans la gorge, quelques autres, les
plus forts, au bord du chott.

Les officiers et les goumiers possesseurs de chiens de
chasse furent autorisés, vers 5 heures du soir, à envoyer
quelques cavaliers pour les ramener. Quelques-uns purent
être sauvés, retrouvés, terrés aux trois quarts, les yeux
vitreux, mourants. Ils furent rapportés au camp; d'autres
étaient introuvables ou inanimés.

On peut se douter par ce qui précède ce qu'ont dû souffrir
nos légionnaires, sac au dos!... Rude journée dont on se
souviendra !

(Séjour.)

16 *juillet*. — Retour du goumier expédié hier au Kreider
pour se mettre en communication avec la colonne Détrie.
Il nous rapporte que cette colonne est à la poursuite de
Bou-Amama, dans l'est; que le Kreider est sans troupes,
et que les Rezaïnas en ont profité pour y camper avanthier, fuyant vers le sud... Renseignements donnés par les
habitants de Sidi-Krelifa.

Nous avons donc manqué notre but. Maudits Rezaïnas!
Pourrons-nous un jour leur faire payer nos fatigues?

De Chaïb à Feïd-Foukania.

17 *juillet*. — 27 kilomètres environ. Partis à 2 heures du
matin, nous arrivions à 9 heures, évitant la forte chaleur,
que nos malades n'auraient pu supporter sans danger. Feïd-Foukania, point perdu dans l'immensité plate de la mer
d'alfa, possède deux grands redirs qui suffiront aux besoins
de la colonne pendant huit jours, d'après l'avis de l'agha
qui les a indiqués.

18 *juillet*. — Arrivée d'un convoi de quatre jours de vivres escorté par des goumiers. Ces indigènes racontent qu'une rencontre aurait eu lieu entre les goums des Harrars, commandés par l'agha Sarahoui, et les dissidents, dans laquelle le marabout aurait été battu.

Cette nouvelle aurait besoin d'être contrôlée, ce même goum ayant été si honteusement ramené par les Traffis au combat de Moúâllok.

19 *juillet*. — Reconnaissance de Marhoum par l'escadron de chasseurs et le goum, qui rentrent à 5 heures du soir sans incident, n'ayant rien d'important à signaler.

20 *au* 22 *juillet*. — Séjour pendant lequel on apprend que Bou-Amama a réussi à échapper aux colonnes sans livrer combat; cette nouvelle incursion ne lui a pas été fructueuse, car il n'a pu razzier nos tribus et retourne dans le sud sans butin; par contre il a subi un échec au Kreider.

De Feïd-Foukania à El-Hammam.

23 *juillet*. — 24 kilomètres franchis avant la chaleur, le départ ayant eu lieu à 2 heures 1/2, au lever de la lune. Des ordres très sévères sont donnés dès l'arrivée pour empêcher le gaspillage de l'eau, car les redirs sont à sec et ne peuvent plus être utilisés par la cavalerie. Malgré les précautions, les puits étaient complètement vidés à 5 heures du soir.

Rentrée d'une reconnaissance du goum partie le 21 juillet vers le chott Chaïb et Bou-Guern, à la suite d'une razzia faite sur les Beni-Mattar par les Hamyans, dissidents, elle n'a malheureusement pu rejoindre cette harka. Les chameaux volés sont perdus; les goumiers sont navrés car leur service dans nos colonnes les oblige à laisser sans défenseurs, contre les entreprises de leurs ennemis, leurs troupeaux et quelquefois leur famille qui les accompagne au pacage.

Les harkas ou expéditions ayant pour but de surprendre au pâturage les troupeaux de la tribu voisine et les razzier sont en grand honneur chez les nomades. Les grands chefs ne sont dignes de ce nom que lorsque leur intrépidité a été reconnue dans les harkas où la poudre parle s'il y a résistance. Elles sont considérées comme revanches prises sur un ennemi qui les a précédées dans cette triste voie, et opérées toujours par surprise. La vie de l'ennemi est toujours respectée s'il se laisse dépouiller se voyant le plus faible.

D'El-Hammam à Feïd-el-Guefoul.

24 *juillet*. — Etape connue, faite à la première heure. Les redirs sont pleins.

On craint que les Beni-Mattars à leur tour ne fassent défection pour aller grossir les rangs du marabout en qui ils ont confiance; c'est connu, et cela justement parce qu'ils ont été razziés par ses gens et que nous n'avons pu empêcher cette razzia. Notre présence sur leur territoire est bien faite pour qu'ils hésitent et même pour empêcher complètement leur mouvement; aussi nous annonce-t-on que la colonne restera à Feïd-el-Guefoul jusqu'à nouvel ordre. C'est un nouveau séjour au bord de redirs. Celui que nous avons fait à Feïd-Foukania nous a heureusement aguerris; nous sommes prêts à vider cette nouvelle coupe, c'est-à-dire ces nouveaux redirs.

Contre-ordre est donné à 8 heures du soir. Nous rentrons à Ras-el-Ma.

De Feïd-el-Guefoul à Ras-el-Ma.

25 *juillet*. — Etape connue, faite à la première heure. Nous croisons en route l'escadron de chasseurs d'Afrique laissé au camp, qui se rend à Sfid, où se forme une nouvelle colonne sous les ordres du général Colonieu.

26 *juillet au 6 août*. — Pas de sortie pendant cette période; le camp est reporté vers les sources sur la rive gauche pour

être installé avec de grandes tentes qui sont les bienvenues. L'état sanitaire y gagnera.

7 *août*. — Une colonne volante, composée de deux compagnies du 17°, l'artillerie, l'escadron de chasseurs, le peloton de spahis, emportant six jours de vivres, va explorer la direction d'El-Aricha; elles rentrent le 12 n'ayant rien à signaler.

Pendant cette sortie, le colonel est informé qu'un parti de 200 cavaliers s'avance pour razzier à nouveau les Beni-Mattar; il envoie immédiatement deux compagnies de la légion à Touten-Yaya et une autre à Feïd-el-Guefoul pour garder ces deux points d'eau et couvrir le plus possible cette tribu.

13 *août*. — La colonne est augmentée d'un bataillon d'infanterie arrivant de France, — 4° bataillon du 64° de ligne. Deux de ses compagnies restent à Magenta (ancien El-Haçaïba) avec l'état-major; les deux autres compagnies arrivent au camp vers 3 heures.

La compagnie de la légion envoyée à Feïd-el-Guefoul rentre au camp; celles de Touten-Yaya rentreront demain. La harka n'a pas eu lieu: les mesures prises ont préservé nos alliés.

14 *au* 30 *août*. — Repos complet; la chaleur est accablante. Le camp est transporté le 16 août sur une croupe de la rive droite, à hauteur des premières sources, pour des raisons impérieuses de santé; les fièvres sont nombreuses. L'ambulance est comble malgré l'évacuation sur Daya.

31 *août*. — Nouvelle colonne volante sous les ordres du lieutenant-colonel se dirigeant vers l'ouest. Deux compagnies du 17°, les chasseurs, le goum quittent le camp de très bonne heure.

Un ordre parvenu à 2 heures du soir fait partir à 4 heures deux compagnies de la légion pour rejoindre la petite colonne qui comptait sur un engagement.[Nouvelle déception :

cette expédition rentrait le 3 septembre sans avoir rencontré un seul dissident.

3 au 11 septembre. — Pas de sortie. Nouveau changement de camp, le 8, pour raisons sanitaires. On s'éloigne de la rivière; les tentes couronnent une croupe allongée, à 300 mètres au nord de l'ancien emplacement. Ce nouveau camp doit être fortifié : des ordres sont donnés en conséquence; aussi, à partir du 9, voit-on coupures, redans, lunettes s'élever de toute part, chaque face luttant d'activité.

12 septembre. — Une colonne légère, formée avec les deux compagnies du 64e, les chasseurs, le goum, quitte le camp pour aller à Magenta, où le 64e touche des effets d'habillement, puis à Daya, pour rentrer le cinquième jour après avoir fait étape dans la forêt.

La section d'artillerie, envoyée à Daya le 8, pour y faire des réparations au harnachement, aux affûts, et mettre en état le matériel de cette place, rentre le 14.

16 septembre au 9 octobre. — La colonne reste stationnaire. La chaleur continue à être très forte. L'état sanitaire est mauvais. La fièvre, la dysenterie font beaucoup de victimes. L'effectif diminue rapidement. On ne peut compter sur le retour des évacués. Presque tous, en effet, reçoivent des congés de convalescence, car ils seraient trop faibles pour reprendre leur service en sortant de l'hôpital et être expédiés sur la colonne.

Un détachement de 200 hommes arrive pour renforcer les compagnies de la légion étrangère; ce sont des recrues à peine instruites dont il faudra compléter l'instruction à Ras-el-Ma.

A signaler, fin septembre, le passage de la tribu des Harars-Gharabas dissidente rapatriée, ayant obtenu l'aman. Bou Amama, puis Si-Seliman les ayant exploités, ces malheureux étaient dans le dénuement le plus complet. Ils avaient vagabondé tout l'été. On se demandait comment les enfants, les femmes, avaient la force de résister aux fatigues de cette existence aventureuse. Ils paraissaient bien souffrir, mais étaient robustes. Les douze jours de marche qu'il leur reste à faire ne les effrayent point. Cette vigueur du nomade est vraiment merveilleuse et nous surprend toujours.

Le 3ᵉ bataillon de la légion et la section d'artillerie sont désignés pour rejoindre une des colonnes en formation à Méchéria pour la campagne d'hiver. Le départ de ces troupes est fixé au 10 octobre. Les deux compagnies du 64ᵉ, qui occupaient Magenta, rentrent au camp laissant ce poste sans troupes.

10 *octobre*. — Départ de la légion à 5 h. 1/2; elle fait étape : le 10, à Feïd-el-Guefoul; le 11, à El-Hammam; le 12, à Haoufira (redirs); le 13, à Marhoum, qu'a fortifié un bataillon du 15ᵉ d'infanterie; le 14, au Kreider, où elle doit attendre de nouveaux ordres pour continuer sa route. Cette dernière étape, un peu longue, a été coupée en faisant, le 13 au soir, une marche de 10 kilomètres, qui nous conduisait près d'un redir où nous campions.

En passant, je dois rendre hommage à la bonne camaraderie des officiers du 15ᵉ, qui avaient préparé pour nous un excellent déjeuner auquel nous avons fait honneur. Il y avait longtemps que nous n'avions eu pareil régal. L'approvisionnement des popotes est facile à Marhoum....., la voie ferrée permet journellement les communications avec Saïda.

Le Kreider est méconnaissable. Le chemin de fer a été prolongé de M'sbah jusqu'à ce point et y débarque chaque jour de grands approvisionnements d'orge, de farine et des caisses de biscuits destinés aux colonnes expéditionnaires en formation. La construction de la voie ferrée est confiée à une compagnie de sapeurs du génie (compagnie de chemins de fer), aidée de nombreux Marocains, ouvriers ordinaires de ces sortes de travaux dans le département d'Oran. Elle doit se continuer jusqu'à Méchéria, où la première locomotive arrivera dans trois mois. Cette ligne de péné-

tration aura une importance immense au point de vue stra-
tégique. Méchéria devenant un centre d'approvisionnements
de toute sorte, les insurrections du sud seront plus vite ré-
primées et ne porteront pas le trouble dans le Tell.

15 au 17 octobre. — Séjour pendant lequel arrivent : un
bataillon de zouaves, un bataillon de la légion, de l'artillerie, du train des équipages et une quantité considérable de
chameaux réquisitionnés.

Le Kreider offrait en ce moment, surtout le soir lorsque
les feux étaient allumés, un coup d'œil étrange, unique ; la
plaine au bord du chott, les mamelons, les ravins, tout était
couvert de tentes grandes et petites, blanches en toile,
noires en poil de chameau, formant des campements séparés tout à fait dissemblables, à travers desquels on voyait
se mouvoir des grappes humaines aux nuances diverses,
des chevaux, des mulets, surtout des chameaux, faisant un
vacarme indescriptible, duquel se détachaient, aigus et très
distincts, les cris des Sokrars préparant leur chargement,
pour le convoi. Il y avait là 6.000 chameaux prêts à com-
mencer leur dure tâche ; ils étaient divisés pour former trois
convois destinés à Méchéria et partant à un jour d'inter-
valle sous l'escorte d'un bataillon d'infanterie.

18 octobre. — Notre bataillon escorte le deuxième convoi.
Nous quittons le Kreider à 6 heures du matin pour aller
coucher à Bir-el-Amra. Etape connue. Nous remarquons
que les puits ont été bien réparés et sont munis de pompes,
mesure excellente qui permet d'utiliser toute l'eau et empêche de la troubler.

De Bir-el-Amra à El-Biod.
(34 kilomètres environ.)

19 octobre. — Grand'halte à Bir-Sénia situé dans une
espèce de vallée bordée de dunes de sable assez élevées,
presque au bord de la branche du chott qui aboutit à Feka-

rine et à 8 kilomètres environ de ce point. Nous trouvons là un capitaine du génie avec quelques hommes. Cet officier fait le tracé de la ligne ferrée et doit coucher ce soir à El-Biod.

El-Biod.

Ce point d'eau est situé à environ 6 kilomètres au sud de Fekarine. Ses puits sont nombreux et l'eau excellente y est très abondante. Une petite redoute, peu élevée, en pierres sèches, vient d'y être construite et est occupée par une compagnie de zouaves. La 2e compagnie de notre bataillon relève les zouaves, qui rejoignent à Méchéria.

D'El-Biod à Méchéria.

20 octobre. — 32 kilomètres sur un immense plateau où l'on semble piétiner. L'alfa y est superbe. Dès le départ, la direction est prise sur l'extrémité du djebel Autar. Grand'-halte, pendant laquelle on fait une distribution d'eau, absolument nécessaire. Les bidons sont vides et la chaleur accablante. Le convoi s'allonge, la marche est ralentie.

Enfin, nous arrivons vers 3 h. 1/2 à Méchéria, où nous trouvons une agglomération de troupes exceptionnelle en Algérie, où la dissémination est la règle : 3 bataillons du 2e zouaves, 2 bataillons de la légion, 1 bataillon du 2e tirailleurs, 3 batteries d'artillerie, 4 escadrons de chasseurs d'Afrique.

Le général Delebecque, commandant la division d'Oran, qui doit prendre la direction des opérations, les généraux Louis et Colonieu, désignés pour commander les colonnes, sont déjà arrivés.

L'expédition sera dirigée sur Moghrar, où s'est retiré Bou-Amama.

Méchéria.

Ce point d'eau, situé au pied du djebel Autar, possède de petites sources que l'on a captées et qui déversent actuellement leur eau dans cinq bassins nouvellement creusés.

Au nord de ces bassins s'élève la redoute, bâtie en pierres sèches, dont l'enceinte est à peine achevée. Elle pourra contenir les immenses approvisionnements nécessaires aux trois colonnes qui vont opérer dans le Sud : l'ambulance, le trésor, l'intendance, la poste et un cantonnement pour un bataillon et un escadron. Des gourbis faits à la hâte pour les officiers, le trésor, la poste, les bureaux des comptables, remplacent avantageusement les tentes; ils rendent un réel service en attendant un vrai baraquement.

Méchéria est l'œuvre du général Colonieu, qui a demandé la construction de ce point d'appui au pied du djebel Autar; il a poussé très activement les premiers travaux pour la captation des sources, la construction d'abris pour les hommes pendant ces mois terribles de la canicule. Les premiers coups de pioche n'ont pas été sans danger. Le cimetière, qui n'a que trois mois d'existence, est déjà trop petit.

La dysenterie, la fièvre typhoïde ont été les principales maladies qui ont produit les décès.

Ce biscuitville, où aboutira bientôt la ligne ferrée sera d'une très grande importance pour les insurrections futures dans ce Sud-Oranais toujours en ébullition et va nous être, aujourd'hui, d'une incontestable utilité.

Notre bataillon est désigné pour rester à Méchéria, où il continuera les constructions commencées, fournira des escortes aux convois venant du Kreider et un détachement à El Biod.

IIe PARTIE

COLONNE DE NÉGRIER

Notre bataillon resta à Méchéria jusqu'au 29 novembre, juste quarante jours, pendant lesquels il ne connut pas le repos. Le colonel Couston, qui commandait ce poste, était excessivement actif et exigeait beaucoup; aussi les constructions s'élevaient-elles comme par enchantement. Les compagnies arrivant à la nuit avec le convoi reprenaient le travail dès l'aube, le lendemain.

Les distributions de vivres étaient faites pendant le temps consacré aux repas après les heures de travail, afin que celui-ci ne fût pas ralenti. Tous les hommes étaient employés aux travaux de construction soit au service du génie pour l'ambulance, soit à l'édification de baraques pour la troupe.

Les convois subirent une modification et ne furent plus composés uniquement de chameaux, cinquante charrettes réquisitionnées à la compagnie franco-algérienne furent employées concurremment avec eux pour porter à Méchéria les vivres et matériaux débarqués au Kreider. Leur défense était plus difficile pendant la marche à cause de l'allongement.

Pendant cette période, les trois colonnes du sud opéraient contre les Hamours, dans le djebel Smir, réussissant à les chasser de ces montagnes et à les razzier en partie. Dans une des rencontres nous eûmes à déplorer la mort du lieutenant Ledrappier, du 2e zouaves, et de cinq soldats de ce régiment.

. Si Seliman, marabout des Ouled-sidi-Cheick, profita de l'éloignement de nos colonnes dans le Sud pour faire sur notre territoire, près de Méchéria, à Ang djemel, entre Fekarine et le djebel Amrag, une incursion bien menée, qui lui permit de razzier à blanc les Hamyans campés à ce point. Ses contingents étaient formés de Hamyans dissidents et de Doui-Menia marocains. Il avait très bien su dissimuler sa marche et profiter de l'absence des cavaliers de cette tribu, tous employés au goum des colonnes. Les bergers, les vieillards, les femmes et les enfants ne pouvaient opposer une résistance sérieuse; aussi enleva-t-il sans coup férir tout ce qui était de bonne prise, tombant sur les campements à l'aube. Le coup fait, il couchait à Bou-Guern, d'où il repartait avant le jour pour le chott Gharbi et la frontière marocaine.

Dès que cette razzia fut connue à Méchéria, le colonel Couston dirigeait une petite colonne sur Fekarine, mais elle rentrait le même soir vers 8 heures, sans d'autre résultat qu'une bonne fatigue, Si-Seliman ayant une avance beaucoup trop grande pour songer à le rejoindre et lui faire rendre gorge. La colonne d'El-Aricha, prévenue télégraphiquement, se porta au chott Gharbi par une marche forcée, mais n'arriva pas à temps; le marabout venait de quitter Oglat-Nadja.

L'installation du télégraphe optique pour faire communiquer Méchéria avec les colonnes et le Kreider fut opérée dès les premiers jours par la création de postes aux points A, B, C du djebel Antar. Il était appelé à rendre de grands services et laissait loin, bien loin, le service des dépêches fait par les goumiers.

Un convoi arrive le 20 novembre d'Aïn-Sefra; il vient prendre des vivres pour ravitailler les colonnes. Son escorte est formée de deux bataillons de la légion, d'un escadron de cavalerie et d'un détachement d'artillerie, le tout sous le commandement du colonel de Négrier. Un de ces bataillons, le 2ᵉ, restera à Méchéria, où il va nous relever ; nous prendrons sa place et quitterons demain le djebel Antar pour aller dans le sud où nous espérons bien trouver quelques heures de gloire au détriment de nos insaisissables ennemis. Nos ordinaires vont gagner à ce départ une bonne allocation, car nous allons toucher, à l'avenir, l'indemnité accordée aux troupes opérant dans le Sud-Oranais. L'intendance a refusé cette indemnité jusqu'à ce jour aux malheureux détachements des postes de Méchéria et du Kreider : ils n'étaient pas en colonne !... (Ils devaient l'obtenir le 1ᵉʳ janvier suivant, sans effet rétroactif.)

De Méchéria à Naâma.

30 *novembre*. — Cette étape a 37 kilomètres franchis en sept pauses d'une heure. Pays plat, grand'halte en un point quelconque sans eau ; distribution de tonnelets pour faire le café. Cette marche, la première que nous faisons sous les ordres de notre colonel, m'amène à parler de son ordre de marche qui, plus tard, a été ordonné dans toutes les colonnes du Sud-Oranais.

Ordre de marche du colonel de Négrier.

Les troupes de la colonne sont divisées en deux parties : celles destinées à défendre le convoi en cas d'attaque forment l'escorte du convoi ; celles destinées à attaquer l'ennemi, le rechercher, le poursuivre, forment l'échelon de manœuvre. Cet échelon marche habituellement sur le flanc le plus menacé ; quelquefois en tête, en queue, lorsqu'il y a un passage difficile, un col à franchir. Prêt à se montrer partout où se porterait l'énnemi, léger, n'ayant pas de bagages, débarrassé même de ses malingres, laissés au convoi, il est très mobile. L'infanterie marche toujours par le flanc des subdivisions, et par sections accolées autant que possible. Les troupes partant de Méchéria avec le convoi sont les suivantes : 2 bataillons de la légion étrangère, 1 batterie d'artillerie, 1 escadron de cavalerie, réparties ainsi qu'il suit : l'escadron de chasseurs en avant et sur la droite de la direction suivie par la colonne ; un bataillon de garde au convoi ; une compagnie en tête, deux sur les flancs, la dernière formant la quatrième face du carré ; un bataillon à l'échelon de manœuvre fournissant une compagnie d'arrière-garde de la colonne, la batterie d'artillerie à l'échelon de manœuvre.

Les compagnies marchent par le flanc droit et par section ; les chefs de section à la queue de leur troupe. La garde de police, ayant les hommes punis sous sa surveillance, marche en tête de la première face, derrière le guide de la colonne. Le croquis 2 donne exactement l'ordre de marche de de Négrier tel qu'il était prescrit au départ de Méchéria. L'ordre avait indiqué à chaque fraction sa place dans la colonne, l'emplacement au campement en arrivant à l'étape, enfin où se tiendrait le colonel pendant la marche.

Au départ, chaque compagnie gagne isolément la place assignée en rejoignant le point initial fixé invariablement à 1 kilomètre dans la direction à suivre ; le convoi se forme ainsi sans à-coup et le départ a lieu sans perte de temps au signal donné par un coup de langue. Les bruyantes sonneries et batteries sont bannies ; le réveil, le boute-charge, le départ, les haltes, n'ont pour les signaler qu'un seul coup de langue.

En arrivant à l'étape, on trouvera le camp jalonné à l'avance par quatre cavaliers indiquant les angles. Chaque compagnie reconnaîtra immédiatement son emplacement et sans s'occuper de sa voisine, qui n'arrivera peut-être qu'une demi-heure plus tard, si elle est d'arrière-garde, elle pourra installer ses tentes après l'alignement des faisceaux, sûre de n'être pas dérangée plus tard.

Dispositif de marche du colonel de Négrier.

Convoi.

1re face.
Une compagnie par le flanc des subdivisions ayant une section en pointe et
les autres sur une même ligne en tête du
convoi, encadrant la garde de police et
les hommes punis.

2e face.
Une compagnie par le flanc des subdivi
sions, les sections à la même hauteur
dans chaque peloton, les pelotons ayant
une distance égale au front d'une section.

3e face. | Mêmes dispositions que la 2e face.

4e face.
Une compagnie marchant par le flanc des
subdivisions, la tête de chaque section
à la même hauteur.

Arrière-garde.
Une compagnie ayant trois sections par le
flanc marchant à la même hauteur et à
une distance variable de la 4e face, selon
les circonstances ; la 4e section également
par le flanc formant l'extrême arrière-
garde.

Echelon de manœuvre.

1re ligne.
Une compagnie marchant par le flanc des
subdivisions.

2e ligne.
L'artillerie de la colonne débarrassée de ses
bagages.

3e ligne.
Deux compagnies marchant par le flanc
des subdivisions.

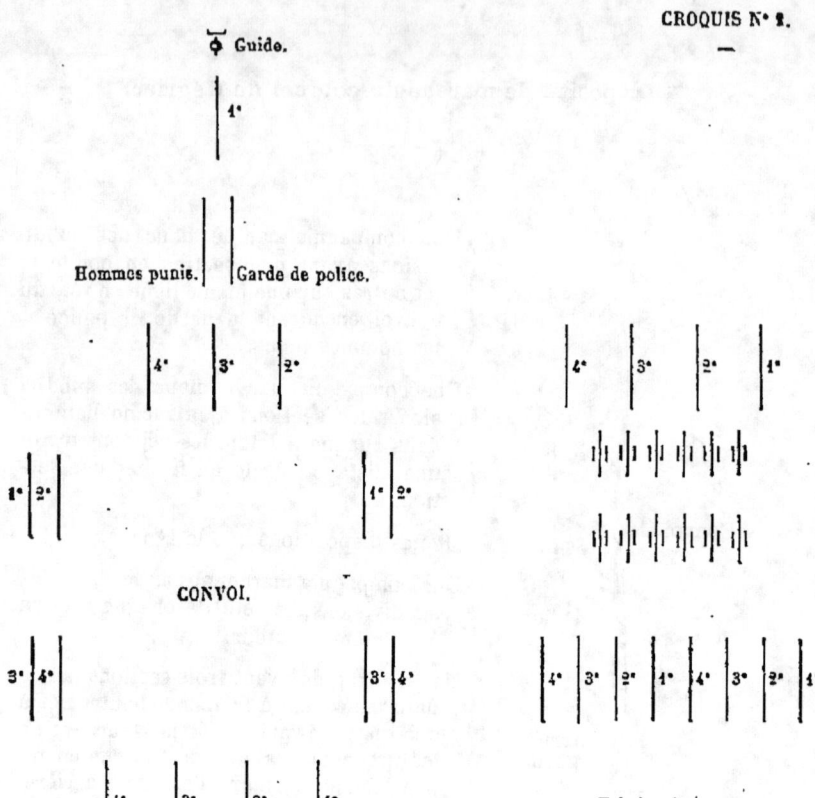

Guide.

1°

Hommes punis. | Garde de police.

CONVOI.

Echelon de manœuvre.

Quel changement radical! Plus de tâtonnements au départ, moins encore à l'arrivée; chacun connaît sa place et son rôle en cas d'attaque. Nos souvenirs se reportent à notre première colonne pour comparer les dispositions de marche. Là, les deux compagnies formant la 1re et la 4e face marchaient en ligne déployée sur deux rangs, marche très difficile et très fatigante dans l'alfa; là, les compagnies des faces latérales formées sur quatre rangs au départ s'ouvraient pour encadrer le convoi : elles avaient deux rangs à la 2e face et deux rangs à la 3°, tous les gradés du même côté; là, enfin, l'emplacement de chaque compagnie au campement n'était pas indiqué à l'avance et le déplacement des faces était fréquent.

Naâma.

Ce point d'eau est situé dans la Sebka de ce nom à 7 à 8 kilomètres de la chaine de montagnes orientée N.-E., S.-O., bordant au sud le plateau de Méchéria et se prolongeant jusqu'à Aïn-Sefra, dont la partie la plus importante se nomme djebel Aïssa. Les puits sont nombreux, l'eau un peu saumâtre.

De Naâma à Mekalis.

1er *décembre.* — 36 kilomètres. Longeant le djebel Aïssa, dont les pentes sont souvent raides, dans un pays plat, dénudé, où l'alfa est rare et malingre. Grand'halte où il est distribué des tonnelets d'eau en quantité suffisante pour que les bidons soient remplis après en avoir prélevé pour le café.

Mekalis.

Au pied du djebel Aïssa, ce point d'eau est important. Ses puits et ses sources donnent une eau abondante et excellente; ces dernières se voient à peine, car leur eau s'infiltre presque aussitôt qu'elle a paru, alimentant un marais microscopique.

De Mekalis à Aïn-Sefra.

2 *décembre*. — 32 kilomètres. La grand'halte est faite après la 4ᵉ pause ; distribution de tonnelets. Le terrain devient accidenté ; nous traversons de nombreux torrents descendant du djebel-Aïssa ; les dimensions, le fond caillouteux de leurs lits complètement secs indiquent la quantité et la violence des eaux qu'ils charrient parfois. Nous apercevons sur le djebel Aïssa le poste optique intermédiaire pour les communications télégraphiques de Méchéria à Aïn-Sefra. Enfin, après avoir gravi une petite colline détachée de l'Aïssa, nous apercevons à 3 kilomètres du col les dunes du k'sar d'Aïn-Sefra ; le chemin à parcourir jusqu'au village est difficile ; la pente est quelquefois très raide, agrémentée de rochers et de dunes produisant des lacets qui feraient la joie des amateurs de la ligne courbe, mais aujourd'hui la colonne n'en possède point.

Aïn-Sefra.

Ce k'sar n'est pas très important. Il servira de biscuit-ville pendant les opérations. On parle même d'y construire plus tard une redoute qui deviendrait une des garnisons du Sud-Oranais ; elle ne sera pas très gaie.

Les maisons sont adossées à d'immenses dunes de sable, petites, très basses, dans des ruelles très étroites, sans fenêtres, les portes seules ouvrant dans la rue ou la campagne. La rivière coule du nord au sud, passant à l'est du k'sar, à 200 mètres, ayant une passerelle à peine praticable aux piétons ; peu profonde, elle est guéable partout. Les jardins situés au nord et à l'est, le long de l'ouest, sont fortifiés. Leurs murs, en pisé, ont des tourelles aux angles pour abriter les défenseurs des coups de l'ennemi, ou des maraudeurs, et flanquer les faces.

Nous trouvons là le 1ᵉʳ bataillon de la légion, désigné pour le

moment à garder ce poste, qui va recevoir des approvisionnements et servir de base pour les opérations ultérieures.

L'ordre nous apprend à l'arrivée la formation immédiate
de la colonne C, qui quittera demain Aïn-Sefra pour aller
opérer dans le nord, à Aïn–bel–Khelil, sous les ordres du
colonel de Négrier; mon bataillon fait partie de cette colonne, qui aura la composition suivante :

3ᵉ et 4ᵉ bataillons de la légion étrangère; une batterie
d'artillerie; un escadron du 4ᵉ chasseurs d'Afrique; une
ambulance; un détachement d'ouvriers d'administration; un
détachement d'infirmiers; un détachement du train des
équipages; un goum composé de cavaliers des Hamyans
et des Harrars.

3 *décembre.* — Le départ n'a lieu qu'à 10 h. 1/2, après la soupe
et les distributions de vivres; deux rations de pain par
homme ont été touchées grâce au fonctionnement récent des
fours de campagne installés en plein air. Ce pain contient,
hélas! plus de sable que de sel, inconvénient dû au voisinage
des dunes, qui entretiennent presque en permanence un
véritable brouillard de sable. La colonne, ayant fait environ 22 kilomètres dans la direction de Magroun, campe à
l'entrée d'une grande gorge au pied de collines orientées
S., S.-O., N., N.-E.

4 *décembre.* — L'étape n'a que 22 kilomètres. Le col faisant franchir les collines qui nous séparent de Magroun est
situé au sud de deux immenses rochers perchés sur deux
pitons. Ces rochers avaient été remarqués la veille pendant
la marche; ils affectent les formes de véritables fortifications
et commandent un espace considérable.

Magroun.

Situé dans les dunes, ce point d'eau est très important par
sa proximité des plateaux du nord et des collines où paca-
gent les troupeaux des Hamyans. Son eau excellente est

abondante, formant un joli lac très limpide fréquenté par des canards sauvages.

5 décembre. — Contrairement à ce qui arrive d'ordinaire, le camp n'a pas été ce matin réveillé, à 4 heures, par les chameaux et leurs sokrars ; partout régnait un profond silence. Qu'y a-t-il donc ? Telle est la question que chacun se pose. Ouvrant la tente, un spectacle bien inattendu s'offrit à ma vue : le sol, les tentes, les chameaux couchés encore, tout était recouvert d'une forte couche de neige, qui donnait au camp, le jour naissant, un aspect étrange, beau et triste à la fois.

L'ordre de séjour fut donné. Les goumiers seuls partirent ; des corvées de neige et de bois furent organisées dès le matin. Le soleil se montra un instant et fondit la neige ; mais la pluie lui succéda et dura toute la journée.

Le débrouillard.

Dans ces circonstances, comme après de longues marches, le troupier débrouillard est apprécié par ses chefs et par ses camarades, qu'il soulage toujours. Les services qu'il rend sont de premier ordre, car ils se rapportent à la nourriture, au bien-être, à la santé, et produisent d'excellents effets dont se ressent aussi le moral, facteur important. C'est le type par excellence du vieux soldat d'Afrique, bien bronzé. Sa soupe sera toujours cuite, et la première, tandis que son voisin laissera éteindre son feu, ne sachant l'aviver à cause de l'humidité du bois. Il ne se passera jamais de café faute d'eau, de temps et de bois : il se sera pourvu d'avance et son activité le sauvera. Il saura découvrir de la paille, de l'alfa qu'il sèchera au besoin, afin d'adoucir le matelas naturel offert par le sol plus ou moins raboteux et humide, et se couchera toujours à sec, évitant pour l'avenir de bons rhumatismes.

L'homme nourri et bien reposé est plus dispos pour la

marche le lendemain; il est gai et chantonne au lieu de maugréer contre la pluie, le soleil, la soif, la longueur de l'étape.

Le débrouillard, rarement malade, n'encombre pas le convoi de son sac : il le porte toujours allègrement.

6 *décembre.* — La colonne arrive à Aïn-ben-Khelil, ayant fait 30 kilomètres dans une immense plaine où la végétation est plus pauvre encore que celle rencontrée ordinairement sur les hauts plateaux; les touffes d'alfa sont plus petites, rabougries, clairsemées.

Aïn-ben-Khelil.

Est un point d'eau où les Français ont construit une redoute au commencement de l'occupation pour l'abandonner ensuite à cause de son éloignement et des grandes difficultés de ravitaillement. Les murs seuls restent debout, servant de perchoir à de nombreux pigeons sauvages; la toiture, les portes, les fenêtres ont été enlevées en 1864 pendant l'insurrection. Si Amza les a fait porter à Tiout.

Les puits sont très nombreux et donnent une eau excellente; ils ne tarissent jamais, étant établis sur une nappe qui se renouvelle constamment.

7 *au* 9 *décembre.* — Des ordres détaillés sont donnés pour l'installation du camp et la préparation constante pour un départ précépité.

La redoute contiendra les tentes des subsistances; une compagnie campera dans la basse redoute, préposée à la garde du magasin. Chaque compagnie doit avoir prête, chaque jour, une liste des malingres à laisser en cas d'un départ en expédition. Ces hommes seront responsables des bagages ou *impedimenta* quelconques laissés par elle. Les bachamars connaîtront exactement le lot de vivres qu'ils auront à faire charger dès que l'ordre de départ sera donné et auront leurs sokrars dans la main.

La section franche.

Une section franche montée est organisée avec d'excellents éléments, sous le commandement du capitaine Laferrière, adjudant-major au 3ᵉ bataillon de la légion étrangère, ayant sous ses ordres le lieutenant Massone et le sous-lieutenant Chabrol. Les six meilleurs tireurs de chaque compagnie, quatre caporaux et deux sergents, choisis également, en tout cinquante-quatre hommes, tous très vigoureux, forment la troupe de cette section destinée à opérer avec la cavalerie et le goum dans des raids et comme avant-garde.

Ces hommes sont montés sur des mulets arabes réquisitionnés pour le transport des bagages.

Leur bât a été arrangé aussi bien que possible; leurs effets sont placés dans un bissac confectionné avec de vieux sacs cédés par l'administration, le havresac restant au camp. Ils ont leurs cartouches dans une cartouchière placée sur la poitrine; la tente-abri et la couverture sont arrangées sur le bât. Enfin, un sokrar est désigné pour soigner six mulets. C'est à lui que seront confiés ces animaux pendant le combat.

9 décembre. — Ordre de la colonne : 1º le 3ᵉ bataillon, emmenant une pièce d'artillerie, partira demain pour aller chercher un convoi de ravitaillement à Méchéria; une de ses compagnies restera au camp; 2º l'escadron de chasseurs d'Afrique, la section montée, le goum, sous les ordres du commandant Schurr, du 4ᵉ chasseurs d'Afrique, partiront en reconnaissance pour une direction inconnue; 3º le reste de la colonne, sauf une compagnie du 4ᵉ bataillon qui restera au camp avec les malingres, partira également sous les ordres du colonel de Négrier pour aller faire une reconnaissance du chott Gharbi fréquenté par Si-Seliman; cette colonne emportera six jours de vivres.

10 *décembre*. — Départ des trois détachements. Ma compagnie reste à Aïn-ben-Khelil.

14 *décembre*. — Arrivé du convoi de ravitaillement vers 7 heures du soir, ayant perdu quatorze hommes et quatre-vingts chameaux pendant sa dernière étape. Parti le 13 de Méchéria, ce convoi supportait la pluie toute la journée ; il couchait le soir près d'un bouquet de térébinthes, à mi-chemin, sans eau à l'étape. La pluie cessa pendant la nuit pour faire place à la neige, qui tomba abondamment. Le départ fut retardé jusqu'à midi. Il ne neigeait plus alors, mais le soleil ne s'était pas montré encore.

La soupe n'avait pu être faite à cette étape, où l'on ne trouvait pour la cuisson que du thym mouillé ; les effets trempés pendant la marche n'avaient pu être séchés, et, pour couronner ces conditions désavantageuses, le camp avait été établi sur un sol boueux qu'il était impossible d'améliorer à cause du manque d'alfa sec. Quant aux chameaux, très frileux de leur nature, ils avaient leurs souffrances augmentées par la privation de nourriture, l'alfa étant recouvert de neige. Le départ eut lieu dans ces mauvaises conditions ; aussi la marche, qui en commençant s'effectuait péniblement, devint presque impossible à la quatrième pause.

Une bourrasque épouvantable s'abattit sur la colonne, l'aveuglant et rendant la direction très difficile.

L'arrière-garde, commandée par M. le sous-lieutenant Avrillon, ne put réussir à ramener les traînards et les égarés. Tout se ressemblait à terre : les hommes couchés, les chameaux tout blancs de neige étaient confondus avec les touffes d'alfa blanches aussi ; puis, la nuit arrivait et rendait ces méprises plus faciles encore. Cette troupe n'arriva à Aïn-ben-Kehil qu'à 10 heures du soir, guidée heureusement par des feux allumés sur des mamelons avoisinant la redoute, lesquels furent entretenus toute la nuit dans le but de rallier les manquants.

15 *décembre.*— Des goumiers, des bachamars, des sokrars sont envoyés pour rechercher les hommes et les chevaux égarés. Les hommes rentrèrent moins deux, qui ne furent jamais retrouvés.

16 *décembre.* — Les deux compagnies qui avaient été laissées à Aïn-ben-Khelil le 10, se portent au-devant de la colonne, emmenant un convoi de quatre jours de vivres et un équipage d'eau. Cette prévoyante mesure, prescrite par le colonel, devait rester sans effet, car nous rencontrions la colonne légère, après la troisième pause, au delà du col, dans la direction du chott Gharbi.

Elle ramenait 4,000 moutons razziés à la tribu maro-caine des Mehaïa, par l'escadron des chasseurs, la section montée et le goum. Voici ce qui s'était passé :

Le commandant Schurr ayant fait 150 kitomètres en deux jours, dissimulant sa marche, tombait sur les Mehaïa à la pointe du troisième jour, dans le chott Charbi.... Ces no-mades, surpris par cette attaque inattendue, ne se défendi-rent pas et s'enfuirent abandonnant tout. On brûla les tentes, n'ayant pas les moyens nécessaires à leur transport, et les troupeaux furent emmenés. Cette razzia fut le soir même à l'abri d'un coup de main, car la colonne arrivait en sens inverse à la rencontre de sa cavalerie pour la protéger. Les dispositions du colonel avaient été habiles, ses prévisions exactes. Le succès obtenu le prouvait. Ces premiers pas de notre colonne étaient de bon augure pour l'avenir. La confiance renaissait au 3e bataillon, qui avait eu tant de déceptions depuis le commencement de la campagne !

21 *décembre.* — Vente de la razzia. Les enchères produi-sent 20,000 francs environ. La part de prise s'élève à 15 francs. Les règles suivies pour le partage entre les capteurs sont différentes, s'il s'agit du goum ou des troupes régulières. Le goumier touche deux fois et demie environ la part du trou-pier. On sépare proportionnellement à l'effectif les parts du goum et de la troupe. L'Etat prélève un cinquième sur la

part du goum et deux tiers sur celle de la troupe ; le reste est distribué aux capitaines. Dans la répartition du tiers attribué à la troupe, les officiers supérieurs ont quatre parts, les autres officiers trois parts, les sous-officiers deux parts et le soldat une part.

22 *décembre*. — Trois compagnies du 4ᵉ bataillon et une section d'artillerie sont envoyées à Méchéria pour aller chercher un convoi de ravitaillement. Ce convoi arrive le 26 sans incident à signaler.

6 *janvier* 1882. — Nouveau convoi de ravitaillement. Trois compagnies du 3ᵉ bataillon et une section d'artillerie quittent le camp à 6 heures du matin pour aller à Méchéria. Ce départ devait avoir lieu le 5. La neige tombée dans la nuit du 4 au 5 avait déterminé la colonel à donner contre-ordre.

Les 75 kilomètres qui nous séparaient de Méchéria m'ont semblé d'une longueur incommensurable. Ces deux malheureuses étapes sont les plus mauvaises que j'aie vues. Nos hommes n'avaient jamais si mal marché ; les traînards étaient nombreux. Nous arrivions à Méchéria après avoir ralenti la marche, laissant encore 150 hommes en arrière, c'était navrant, ils rentraient tous dans la soirée. Le manque de nourriture et le refroidissement extraordinaire de la température étaient les causes de cette déplorable situation.

Voici comment nos hommes s'étaient trouvés sans un biscuit tout en ayant reçu les rations ordinaires :

On avait distribué, le 28 décembre, pour une sortie qui n'eut pas lieu, quatre jours de vivres par homme, portant ainsi à six jours les vivres de réserve, car de tout temps chacun en a deux. Peu à peu, miette à miette, ces vivres avaient été consommés en partie par la plupart des hommes, la ration habituelle étant un peu faible, surtout pour nos légionnaires, hommes du Nord, doués d'un formidable appétit.

L'ordinaire avait laissé également à désirer pendant ces

derniers jours, car on n'avait pu toucher de vivres rembour-
sables, qui manquaient complètement à l'administration.
C'est un peu cette particularité qui avait précipité la consommation illicite des vivres de réserve. L'ordre fut donné
de consommer, les 5, 6, 7 et 8 janvier, les quatre jours de réserve touchés le 28 décembre. Ces journées devaient être
des jours de jeûne pour beaucoup.

Les goumiers profitèrent de cet ordre pour vendre un
prix exorbitant à nos affamés les quelques biscuits qu'ils
recevaient de l'administration, partageant avec leur cheval
la ration d'orge qui revenait à ce dernier. Le biscuit fut
payé de 1 à 3 francs ! à quelque chose malheur est bon !

Le 6, je commandais l'arrière-garde.

Voici les faits dont j'ai été témoin, ils ont leur éloquence :
Surpris de voir rester en arrière un si grand nombre d'hommes, et parmi eux d'excellents marcheurs, je questionnai et
l'on me répondit d'abord par des doléances plus ou moins
imaginaires. Mais un caporal m'avoua enfin la vérité.

« Depuis deux jours, me dit-il, je n'ai pris qu'un peu de
bouillon et de café, car, comme beaucoup d'autres, je n'ai
plus de biscuit. J'ai froid, je suis gelé, je ne tiens plus sur
mes jambes. »

Vers 9 heures, j'aperçus sur la droite un petit groupe qui
se dissimulait derrière un chameau couché. Je m'approchai
et reconnus trois hommes que j'avais dû faire avancer au-
paravant. Ils avaient coupé la bosse du chameau, qui venait
d'être abattu ne pouvant suivre, et mangeaient cette viande
crue. Je fis déguerpir ces traînards ; mais l'un d'eux, à bout
de forces, ne put reprendre la marche. Je le connaissais :
c'était un excellent soldat de ma compagnie, très bon mar-
cheur. J'ordonnai son transport en cacolet ; il fut hissé sur
le mulet, ayant pour faire contre-poids le tringlot ; mais il
ne se dessaisit pas de sa viande, qu'il mordait à belles dents
encore lorsque le mulet se mit en marche. Ayant rendu
compte de mes observations au commandant, celui-ci or-

donna, dès l'arrivée à l'étape, que le biscuit de soupe appartenant à l'ordinaire fût distribué le soir même dans chaque compagnie et partagé entre tous les hommes, bien qu'il dût durer comme les autres vivres jusqu'au 8. Les ordinaires s'approvisionneraient en arrivant à Méchéria.

Cette distribution ne donna qu'un demi-biscuit par homme, cette réserve ayant été entamée également par les hommes qui étaient chargés de la porter.

10 *au* 25 *janvier*. — Le convoi de ravitaillement était de retour le 10. A partir de ce jour, de nouvelles dispositions étaient prises pour que la colonne, emmenant un convoi de vivres de quinze jours, pût partir en quarante-cinq minutes. Le chargement des chameaux était placé dans des sacs doublés, attachés très solidement, ayant un poids égal. Les lots pour chaque bachamar, séparés et étiquetés dans les tentes-magasins, devaient être portés dans la basse redoute au moment du départ par les hommes désignés pour rester à Aïn-ben-Khelil. Des piquets indicateurs étaient préparés pour chaque lot, ainsi qu'une provision de thym destinée à entretenir des feux pour éclairer la corvée et le chargement, si le départ avait lieu dans la nuit.

Une manœuvre fut ordonnée le 22, simulant un départ. Elle réussit complètement. La colonne, débarrassée de ses malingres, quittait le poste quarante-cinq minutes après la réception de l'ordre, emmenant son convoi.

La formation de combat était prise après avoir franchi 3 kilomètres; les sokrars, se conformant strictement aux ordres reçus, faisaient accroupir les chameaux et se couchaient eux-mêmes tournant le dos à l'extérieur du convoi. L'échelon de manœuvre, complètement libre, évoluait à sa guise, les faces du convoi relevées sur la tête étant assez fortes pour empêcher la cavalerie ennemie d'approcher.

D'Aïn-ben-Khelil à Bled-el-Atticha.

25 janvier. — Le clairon nous réveille à 3 heures du matin, sonnant le boute-charge après le réveil, puis « à l'ordre. » Cet ordre est court : la colonne va partir dans les conditions indiquées par les instructions ; elle se dirigera vers l'ouest où l'ennemi est signalé. Pas d'eau à la grand'-halte, pas d'eau à l'étape... On fera environ 40 kilomètres.

La 1ʳᵉ compagnie du 3ᵉ bataillon restait à Aïn-ben-Khelil ; la 2ᵉ compagnie de ce bataillon, partie à Méchéria pour escorter un petit convoi de mulets, devait rentrer et la renforcer. Départ à 4 heures ; grand'halte après la cinquième pause. Distribution d'eau. Défense d'allumer des feux, dont la fumée pourrait trahir notre marche ; par suite, pas de café. Ils pourront être allumés ce soir à l'étape, après avoir creusé des trous pour les enterrer, afin que la flamme ne puisse être aperçue, le colonel sera très sévère pour toute infraction à ces ordres.

Après avoir fait huit pauses, la colonne campait dans une plaine légèrement ondulée, très fréquentée par les mouflons et les gazelles, dont les traces étaient nombreuses.

Le goum nous quitte pendant la nuit, allant prendre à revers les Beni-Guil, que la colonne veut atteindre et razzier. Le commandement en est donné au capitaine Laferrière, de la légion, qui reçoit les instructions du colonel.

De Bled-el-Atticha à Fortassa-Gharbia.

26 janvier. — La colonne fait environ 40 kilomètres. Grand'halte après la cinquième pause, à hauteur et à l'ouest de Galloul. Les septième et huitième pauses dans les dunes de la trouée de Galloul sont très fatigantes, ainsi que la neuvième pendant laquelle nous gravissons péniblement les pentes des Fratis, par une gorge très étroite, pour arriver à l'étape.

Fortassa-Gharbia est un point d'eau fréquenté par les Hamyans et les Mehaïas sur la frontière marocaine mal délimitée. Marocains et Algériens y séjournent tour à tour pour y abreuver leurs troupeaux. Ils ne s'occupent pas du traité de 1845 et suivent encore les antiques traditions. La source, située à la tète d'un ravin, est peu abondante ; elle forme un étang de 20 à 30 mètres de long sur 10 à 12 mètres de largeur ; sa profondeur est de 15 à 20 centimètres, et l'eau s'écoule vers le ravin en un mince filet disparaissant après quelques mètres.

Une autre source, nommée Fortassa-Cherguia, un peu plus forte que celle-ci, prend naissance dans un terrain ayant les mèmes dispositions et se perd dans la terre ; elle se trouve à 9 ou 10 kilomètres vers l'est. On réunit d'habitude ces deux points d'eau, si proches dans un pays qui est si dépourvu de sources, sous la dénomination de *fratis* (pluriel de *fortassa*). Ce nom est également donné aux collines avoisinantes.

Dès l'arrivée, installation d'un poste chargé d'assurer l'ordre au moment de la corvée d'eau. Les animaux n'ont été abreuvés que très tard, lorsque les tonnelets ont été remplis ainsi que les marmites et les bidons. C'était une précaution absolument nécessaire, car l'eau aurait été troublée par les sokrars.. Il a été fait ensuite une distribution de deux jours de vivres.

On apprend que les Beni-Guil sont encore campés dans le chott Tigri ; que le mouvement du capitaine Laferrière a complètement réussi, et que l'attaque du campement par notre goum aura lieu demain matin à l'aube. La cavalerie et la section montée partiront cette nuit, nous devançant pour appuyer le goum.

De Fortassa-Gharbia à Haci-Sefra.

27 *janvier*. — On suit d'abord une longue vallée que l'on remonte, bordée au sud par le djebel Doug qui lui envoie les eaux de son versant nord, et au nord par une colline parallèle au djebel Doug et se reliant aux Fratis, laissant échapper par de véritables saignées les eaux des importants torrents qui descendent de la chaîne.

L'aspect change brusquement après la quatrième pause, nous découvrons le chott Tigri avec ses bizarres découpures. A nos pieds, serpente une petite vallée, presque une gorge par ses dimensions, très boisée, verdoyante, contraste véritable au milieu de cette attristante nudité : un coin de la Suisse réjouissant agréablement la vue. Après avoir suivi pendant soixante-cinq minutes le fond de cette vallée, la grand'halte se fait sur un petit plateau où l'arrière-garde n'arrive qu'une heure après la colonne.

La marche est reprise, longeant la base du djebel Doug, ayant à notre droite le chott dans lequel on croit distinguer des fortifications perchées sur des hauteurs sablonneuses, plantées dans le chott comme d'immenses verrues ; les Arabes les nomment Biban-Tigri.

Il fait nuit à l'arrivée à l'étape. Nous avons franchi 38 kilomètres ; le camp est établi à tâtons.

Haci-Sefra est un point d'eau situé dans une gorge à 1 kilomètre de l'entrée. L'unique puits se trouve au pied de deux grands arbres, les seuls dans cette gorge, dont les flancs sont très raides et rocailleux presque partout. Le camp est établi près du puits, où la gorge s'élargit sensiblement.

Nous trouvons là le butin ramené par le goum, qui a tout razzié, parait-il, réussissant complètement dans ses desseins. Le combat ne nous a coûté qu'un seul goumier ; l'ennemi a eu 40 hommes hors de combat. Surpris, il ne s'est pas vaillamment défendu.

Cette razzia est évaluée à 100,000 francs ; il y a environ 9,000 moutons, 600 chameaux, de belles khaïmas (tentes) avec tapis, quelques chevaux et des provisions de dattes.

La section franche et l'escadron de chasseurs d'Afrique, envoyés avant la colonne, ont été chargés de la garde de la razzia dès leur jonction avec le goum, mettant fin ainsi à une querelle qui menaçait de tourner à l'aigre. En effet, les goumiers croyant que les prises leur seraient abandonnées se querellaient pour le partage entre les diverses fractions de tribus.

28 janvier. — Séjour. Distribution de moutons aux ordinaires ; réunion de la commission des prises pour rédiger un procès-verbal. L'ennemi guettant autour du camp, il est défendu de dépasser les avant-postes ; les mamelons sont couronnés, les grand'gardes doublées.

D'Haci-Sefra à Oglat-Moussa.

29 janvier. — Marche de 26 kilomètres dans une région toute nouvelle pour nous et différente en bien des points du pays parcouru jusqu'à ce jour.

Le chott Tigri dans lequel nous descendons pendant la première pause, après avoir franchi un ravin très profond et très difficile pour les animaux du convoi, présente un aspect des plus bizarres.

D'abord de grandes dunes de sable mouvant sans végétation, des mamelons pierreux, puis de vrais buttes de tir gigantesques. Ces mamelons, ces buttes, ont tous la même hauteur et se terminent au sommet par une ligne horizontale qui marque un petit plateau, que les Arabes nomment *gara*. On suppose qu'il a existé là une plaine immense ayant l'altitude de ces hauteurs qu'un cataclysme a bouleversée, laissant, de-ci, de-là, quelques parties récalcitrantes que les orages lèchent maintenant et usent peu à peu.

Les fonds de cuvette que séparent dunes ou garets ne se

ressemblent pas entre eux. Nous en trouvons un absolument
rouge brique, solide comme du macadam, très uni, ayant de
petites raies de crevasses qui donnent l'illusion d'une mosaï-
que ; un autre est noir, toujours très uni ; un autre est blan-
châtre ; celui d'Oglat-Moussa est de cette dernière couleur.

Nous arrivons à l'étape de bonne heure. Le troupeau est
abreuvé facilement. Les ordinaires reçoivent des moutons.

Oglat-Moussa est le meilleur point d'eau du chott Tigri.
Il possède une vingtaine de puits, entourés de pierres creusées
pour abreuvoirs ; l'eau est excellente et abondante. Il est
fréquenté habituellement par les Mehaïas, les Beni-Guil
et les Hamyans.

D'Oglat-Moussa à Garet-Rima.

30 *janvier*. — Cette étape, presque entière dans le chott,
a 30 kilomètres ; pas de grand'halte. Quelques moutons ne
pouvant suivre sont égorgés pendant la marche. On les distribue à la colonne dès l'arrivée. Chaque compagnie en reçoit quatre et leur fait bon accueil. Les goumiers refusent
cette viande, qu'ils croient mauvaise ; mais le cas est si rare
qu'il faut vite le constater. D'après eux ces moutons étaient
malades ; selon nous, ils n'étaient que fatigués.

Garet-Rima, notre gîte d'étape, n'offre rien de remarquable, il prend le nom d'une gara voisine. Les tonnelets
recommencent leurs bons offices ; la distribution d'eau est
largement faite pour les besoins de la journée et pour ceux
de la route de demain. Les petits bidons sont remplis.

De Garet-Rima à Galloul.

31 *janvier*. — 22 kilomètres environ sans grand'halte.
Pas d'incident.

Galloul est un point d'eau situé sur le versant ouest du
djebel Galloul, à l'extrémité de cette chaine. Quatre puits

peu abondants mais d'excellente eau forment toutes ses ressources. On y remarque un cimetière assez considérable. Ses environs sablonneux sont recouverts d'alfa très robuste qui leur donne un assez bel aspect.

De Galloul à Chaïb-Rassa.

1ᵉʳ *février*. — Nous longeons la chaine de Galloul pendant 26 kilomètres pour arriver à Chaïb-Rassa, qui partage en deux la distance nous séparant d'Aïn-ben-Khelil.

Ce parcours est excessivement giboyeux ; l'alfa y est très épais et de belle venue ; les lièvres et les outardes pullulent ; les goumiers font de nombreuses victimes : les popotes, les ordinaires en profitent. On relève des traces de mouflons à chaque pas, ces animaux descendent de la montagne, dans la journée, pour pacager sur les plateaux. Il y aurait là de belles chasses à faire.

Pas d'eau à l'étape, où les tonnelets que l'on avait pu remplir à 3 heures du matin sont distribués comme d'habitude.

De Chaïb-Rassa à Aïn-ben-Khelil.

2 *février*. — 26 kilomètres. Terrain plat. Rien à signaler. *Du 3 au 25 février*. — La colonne reste stationnaire.

La légion étrangère reçoit un renfort de 400 hommes en deux détachements.

Construction de la route de fortune de Méchéria par la 1ʳᵉ compagnie du 3ᵉ bataillon partant du camp et par le deuxième détachement de jeunes soldats partant de Méchéria, c'est une simple piste. Quelques pentes trop raides sont adoucies, les touffes d'alfa enlevées, c'est tout.

Nos convois de ravitaillement viendront à l'avenir escortés par des troupes de Méchéria et seront formés de charrettes de la Compagnie franco-algérienne. C'est un progrès :

nous n'aurons plus à nous en occuper, notre temps pourra être entièrement consacré aux expéditions, qui ne peuvent avoir d'efficacité que par la mobilité et la vitesse des troupes employées.

25 *février*. — Le clairon de garde sonne la diane et à l'ordre. Il est 2 heures du matin ; l'ennemi est signalé vers l'ouest. La colonne part immédiatement laissant avec les malingres la 3ª compagnie du 3ᵉ bataillon et la 1ʳᵉ compagnie du 4ᵉ bataillon ainsi que les jeunes soldats. Cette forte garnison doit former une troupe de sortie de 400 hommes pour parer à toute éventualité au cas où l'ennemi, évitant la colonne, viendrait tenter une razzia sur les Hamyans.

Ma compagnie étant restée au camp, je ne rapporte pour cette expédition que les faits mis à l'ordre ou narrés par des camarades qui y ont pris part.

Le 25 février, la colonne campe à El-Atticha (42 kilomètres), passant la chaine de Galloul par le col de Téniet-Sefia au sud de celui de Sadana; le 26, à Kaoua m'ta Tigri ; le 27, à Oglat-el-Guetta, ayant traversé le chott Tigri et passé par Oglat-Moussa.

Combat d'Oglat-el-Moussa.

Le 27 février, la colonne surprend les contingents de Si-Seliman dans le chott Tigri et fait une belle razzia. L'ennemi fuit sans opposer une grande résistance à nos goumiers, et nos chasseurs d'Afrique ont l'occasion de charger les fuyards.

Cette charge n'a pas été aussi brillante que le désiraient nos cavaliers, qui avaient à cœur de venger le malheureux peloton de leur régiment décimé à Chellala. L'ennemi avait cependant abandonné 19 morts sur le terrain; ils en auraient voulu mille !

La présence de la compagnie montée appuyant cette charge a été d'une efficacité incontestable ; couronnant des mamelons successifs, elle faisait des feux de salve dont l'effet moral sur l'ennemi empêchait un retour offensif toujours à redouter car il avait le nombre.

Une partie des prises est sacrifiée faute de moyens pour les transporter : les khaïmas sont brûlées ; les chameaux, ânes, moutons qui ne peuvent suivre sont égorgés et abandonnés.

Un convoi est organisé, il comprend : 18,000 moutons, 500 chameaux, des tapis, des dattes, quelques belles tentes ; il part le 28, sous l'escorte de 200 fusils.

28 *février*. — L'ennemi défend le col de Bou-Arfa pendant quelques heures, puis l'abandonne, laissant encore là cinq ou six cadavres ; la poursuite au delà du col n'est pas possible. Le courrier échappe miraculeusement à une attaque des Beni-Guil et sauve les dépêches.

La colonne poursuit sa marche vers le sud, campe à Haci-Badda puis à Mengoub (12 kilomètres d'Aïn-Chaïr). Elle devait aller sur l'oued Hallouf, mais un combat livré par le commandant Marmet, sous Figuig, a rendu cette marche inutile ; aussi rentrait-elle de Mengoub, passant par Haci-Sefra et les Fratis, pour arriver à Aïn-Ben-Khelil le 10 mars.

Du 11 mars au 14 avril. — Pas de sortie. Les convois se font très régulièrement sous l'escorte de Méchéria. Ce service est très fatigant, car les équipages traînent difficilement les lourdes charrettes n'ayant qu'un demi-chargement sur cette route de fortune tracée par la légion. Aussi l'arrivée à l'étape est-elle retardée et le repos de l'escorte diminué.

Une mission topographique sous la direction du capitaine de Castries suivait les colonnes du Sud oranais pour relever le pays parcouru et prendre les notes nécessaires à l'établisment d'une carte dont la nécessité se faisait surtout sentir dans les moments troublés. Les lieutenants Brosselard et Delcroix se partageaient avec le capitaine une tâche très difficile. Sans trêve ni repos, ils profitaient de chaque reconnaissance et employaient les séjours à parcourir tout le pays environnant avec une escorte de goumiers. Cette mission, moins le lieutenant Brosselard envoyé à la colonne de Géryville, arrivait à Aïn-ben-Khelil dans les premiers jours d'avril, venant de la colonne d'Aïn-Sefra, qui rentrait de l'Extrême Sud. Elle opérait d'abord autour du poste, puis demandait l'autorisation d'aller relever le chott Tigri et ses abords. Cette demande fut accordée, le départ fixé au 15 avril. L'escorte se composait de deux compagnies de la légion, d'une partie de la compagnie montée et de quelques cavaliers.

15 au 17 avril. — La mission et son escorte, parties le 15, rentraient le lendemain, rappelées pour l'arrivée du général Saussier, commandant le 19e corps, qui inspectait les colonnes expéditionnaires du Sud oranais, et venait d'assister à l'inauguration de la ligne ferrée de Méchéria.

La revue fut passée le 17 par le général en chef, accompagné des généraux Colonieu et Gand et de l'agha Sarahoui. L'ordre nous félicitait pour les fatigues supportées, les résultats obtenus et nous encourageait pour ce qui nous restait à faire encore ; une ration extraordinaire d'eau-de-vie était accordée à la troupe. La mission topographique était autorisée à repartir le lendemain.

Combat du chott Tigri.

La mission topographique partait le 18 avril. Son escorte, commandée par le capitaine Barbier, comprenait les troupes ci-après :

1re compagnie du 3e bataillon de la légion étrangère, capitaine Barbier ;

2e compagnie du 4e bataillon de la légion étrangère, lieutenant Weber ;

Une section de la compagnie franche montée, lieutenant Massone ;

10 chasseurs d'Afrique ;

10 goumiers.

Un léger convoi complétait cette petite colonne. Il portait des vivres, un équipage d'eau, les bagages des officiers et ceux de la mission.

Cette troupe avança par petites journées vers le chott Tigri, où elle arriva le 23, surprenant des campements de Beni-Guil, qui furent razziés. Quelques chevaux et 2,000 moutons restèrent entre les mains du capitaine Barbier.

Le 25, elle campait aux puits d'Haci-ben-Salem, au sud-est du chott, prête à rétrograder le lendemain, la mission ayant terminé ses opérations sans être inquiétée. Quelques coups de fusil tirés sur le camp pendant la nuit furent attribués à des maraudeurs.

Le 26 avril, le camp est levé dès l'aube, la marche prise dans la direction de Fortassa-Gharbia.

La colonne entière était en mouvement lorsque l'avant-garde se heurta aux Arabes, embusqués derrière un pli de terrain barrant le passage.

A ce moment même l'aurore permit de voir les mamelons voisins couverts de burnous.

L'ennemi ne dissimula pas ses intentions et commença un feu nourri. Dès que sa position fut connue, le capitaine Barbier ordonna une volte-face complète, résolu à se diriger sur Galloul afin d'éviter des gorges très difficiles dans lesquelles la défense eût été des plus dangereuses. L'avant-garde, composée de la section franche commandée par le lieutenant Massone, devenait arrière-garde et devait contenir l'ennemi. Celui-ci, voyant la manœuvre, attaqua avec furie cette petite troupe et la déborda pour envelopper le convoi.

Nos braves légionnaires, comprenant que leur résistance permettrait à la colonne de prendre ses dispositions de combat, ne cédèrent pas au nombre. Ils soutinrent vaillamment la lutte et furent presque tous massacrés sur une petite élévation qu'ils ne voulurent pas quitter, le lieutenant Massone fut une des premières victimes.

La quatrième face du convoi, commandée par le sous-lieutenant Mesnil, s'arrêta pour faire face à l'ennemi et soutenir l'arrière-garde, qui semblait compromise. Elle eut à peu près le même sort, un grand nombre de ses hommes tombèrent. M. Mesnil reçut une balle à l'épaule. Elle battit en retraite, accablée par le nombre et dépassée déjà par de nombreux burnous qui cherchaient à pénétrer dans le convoi.

La petite colonne avança ainsi péniblement, traînant sa razzia, qu'elle ne voulait pas abandonner ; les flancs combattaient en marchant. Le nombre des Arabes augmentait toujours. Ils vociféraient, tiraient presque à bout portant, Quelques-uns même, armés de matraques (bâtons noueux en bois dur), s'élançaient sur les rangs. La fusillade de nos hommes ne les arrêtait pas ; le vacarme augmentait avec la longueur du combat, que l'on sentait sans merci.

Des *mouquères* accrochées à la selle des cavaliers ou pendues à la queue des chevaux encourageaient les guerriers, leurs maris ou leurs fils, par leurs cris de vengeance contre ces chiens de roumis. C'étaient de vrais fauves !

Le lieutenant Weber tombait blessé grièvement à la cuisse ; on réussissait à l'emporter.

La colonne avançait toujours avec peine, s'égrenant ; on pouvait même craindre un instant de voir la vaillante troupe entièrement cernée. Pour éviter cette catastrophe, dans ce vallon trop propice à l'ennemi, hélas ! le capitaine Barbier ordonnait à l'avant-garde d'occuper une gara aperçue à quelques centaines de mètres en avant.

Cette gara commandait très bien trois directions, et la quatrième était celle de Galloul. Il placerait là son convoi, se défendrait avec avantage et profiterait alors de la supériorité de notre fusil, ce qui n'avait pu avoir lieu jusqu'à cette heure, le mamelonnement du terrain empêchant tout tir à longue portée et favorisant ainsi les Arabes armés de fusils à piston.

Le lieutenant Delcroix, de la mission topographique, emmenant une dizaine d'hommes se portait vers la gara et s'y élançait résolument à l'assaut pour déloger un parti ennemi qui l'occupait déjà. Quelques hommes tombaient; mais la position était enlevée au cri de : « En avant, la légion ! » poussé par ce vaillant officier sorti depuis peu de ce beau corps, qu'il aimait toujours profondément. Cet énergique mouvement sauvait la colonne, car cette petite troupe dirigeait des feux de salve sur les flancs du convoi, sur la queue même; profitant de sa position elle démoralisait l'ennemi.

Celui-ci, pensant, dès lors, plus à la curée qu'à l'honneur, se ruait sur le convoi et la razzia, que les mouvements ordonnés pour combattre laissaient sans défenseurs immédiats.

Le capitaine Barbier tombait frappé d'une balle en plein cœur; on l'abandonnait au pied même de la gara après l'avoir porté pendant 200 mètres.

Toute la colonne parvenait enfin à gagner la position si heureusement occupée par le lieutenant Delcroix ; mais elle abandonnait à l'ennemi la razzia, cause de son embarras, et les chameaux du convoi; les mulets du train nous restaient en partie : ils allaient servir au transport des blessés ainsi que ceux de la section montée sauvés du désastre de l'arrière-garde.

Le commandement revenait au capitaine de Castries, qui donnait des ordres pour que la retraite fût continuée sur Galloul; elle avait lieu en ordre compacte, dans un terrain plus avantageux. Les flanqueurs seuls tiraient quelques cartouches jusqu'à 3 heures sur les cavaliers ennemis qui continuaient une poursuite timide. C'était fini.

Ce combat, qui fut nommé *temaït ben Salem*, a duré trois heures, et le quart de notre effectif a été mis hors de combat : 51 tués dont 2 officiers, 27 blessés dont 2 officiers. On

estime à 4,000 le nombre d'assaillants dirigés par Bou-
Amama en personne, et leurs pertes à 200 hommes.

C'est pour nos armes une défaite glorieuse dans laquelle
la vaillance et la discipline ont triomphé du nombre. Notre
petite troupe avait perdu tous ses officiers et pouvait être
entièrement anéantie. Sa valeur l'avait sauvée. Vive la
légion !

26 *avril*. — La première dépêche annonçant l'attaque de
la mission topographique arrivait à 3 heures ; la colonne
partait à 5 heures.

Les nouvelles suivantes nous parvenaient pendant la marche, écrites au crayon sur une feuille de calepin : à 7 heures,
la mort du capitaine Barbier, du lieutenant Massone et la
perte du convoi ; à minuit, les pertes en hommes et la retraite
qui s'effectuait difficilement.

Nous ne ressentions pas la fatigue de cette marche de
nuit, car nous étions tous impatients d'arriver, de secourir
les survivants ; puis nous espérions encore trouver l'ennemi,
combattre et venger nos chers camarades.

Enfin, après avoir fait 45 kilomètres environ, vers 6 heures
du matin, nous trouvions le détachement de la mission
campé, à bout de forces. Il était là depuis une heure.

27 *avril*. — Les blessés furent pansés par le docteur
Chaumont, une distribution de vivres faite, le tout très
urgent. Les deux colonnes s'étant reposées jusqu'à midi se
mirent en marche : celle de la mission sur Aïn-ben-Khelil,
la nôtre vers le champ de bataille.

Arrivée à Galloul vers 4 heures. La plus grande vigilance
est observée. Le camp est établi pour y passer la nuit.

28 *avril*. — Départ à l'aube. Le bruit court qu'un convoi
de vivres quitte Aïn-ben-Khelil pour nous rejoindre, sous
l'escorte d'une des compagnies laissées à ce poste, ainsi
qu'un nouvel escadron de chasseurs envoyé de Méchéria ;
un bataillon de ligne viendra également de Méchéria pour
appuyer notre mouvement.

Pendant la grand'halte, vers 1 heure, l'ordre formel de rentrer parvient au colonel de Négrier, qui, certainement, eût désiré des instructions opposées, afin de poursuivre Bou-Amama et punir son insolente témérité. C'était une nouvelle déception pour nous tous, qui comptions déjà sur un prochain combat !

Ainsi placé dans l'impossibilité de poursuivre cette expédition, le colonel choisit à proximité du point où nous étions arrêtés pour la grand'halte un terrain très avantageux pour la défense. Il donna l'ordre d'y installer le convoi tout entier, le laissa là sous la garde d'une compagnie et de la section montée. Enfin, vers 5 heures du soir, la colonne, ainsi réduite, arrivait sur le lieu du combat.

Nos morts, entièrement dépouillés, se trouvaient où ils étaient tombés, éparpillés, indiquant la route suivie par la colonne, quelquefois par groupes sur les diverses positions défendues plus longuement pour laisser avancer le convoi. Ils n'avaient pas subi de mutilations, mais les blessures nombreuses et les brûlures de quelques-uns dénotaient la barbarie et la fureur de nos ennemis.

La compagnie montée fut employée à l'ensevelissement des cadavres. Les corps du capitaine Barbier et du lieutenant Massone seuls furent exceptés, on les transporta à Aïn-ben-Khelil où ils furent inhumés.

Les Arabes avaient complètement disparu emportant leurs blessés et une partie de leurs morts. Quelques tombes indiquaient qu'ils avaient fait des inhumations.

Douze maraudeurs capturés par nos goumiers pendant la marche sont fusillés au pied de la gara, à l'endroit même où avait été trouvé le corps du capitaine Barbier; leurs cadavres sont abandonnés sans sépulture. Les représailles s'arrêtent là, ils ne sont pas dépouillés; l'ennemi pourra disposer de leurs loques.

La colonne bivouaqua sur la gara Delcroix. Toutes les mesures furent prises pour parer à une attaque nocturne

qui, malheureusement, ne devait pas avoir lieu. La cavalerie, la compagnie montée, le goum, durent aller à Haci-
ben-Salem (7 à 8 kilomètres) pour abreuver les chevaux.
Ce travail fut des plus laborieux : les animaux ne pouvaient boire que successivement, car on manquait de
seaux; aussi ce détachement ne rentra-t-il qu'à 3 heures
du matin.

29 *avril*. — Départ à 6 heures. Nous rejoignions le convoi qui reprit sa place, et, le soir vers 6 heures, toute la
colonne campait à Fortassa-Cherguia après une rude, très
rude journée, ayant subi une chaleur accablante. Et nos
camarades n'étaient pas vengés !

30 *avril*. — Pas d'incident. Nous faisons 36 kilomètres
pour aller camper à Chaïb-Rassa, point connu.

1er *mai*. — Rentrée à Aïn-bel-Khelil, où nous trouvons
le général Colonieu et un détachement du 32e de ligne
venu de Méchéria pendant notre absence. Nos glorieux
morts sont inhumés dans le cimetière du Bordj. Ces tombes
sont les premières depuis l'occupation nouvelle.

Du 2 au 4 mai. — Séjour. Organisation et préparatifs
pour une expédition imminente qui aura la composition
suivante :

Avant-garde sous le commandement du capitaine Laferrière, chef de la compagnie montée :

1° 1 compagnie montée à mulets à l'effectif de 150 hommes, tous volontaires et choisis parmi les meilleurs tireurs
et les plus robustes;

2° 2 escadrons de chasseurs d'Afrique;

3° 300 goumiers.

Gros de la colonne, sous le commandement du colonel de
Négrier :

2 bataillons de la légion étrangère ;

1 compagnie du 41e de ligne;

1 section d'artillerie ;

Train, ambulance, convoi de vivres.

Les compagnies, épurées des malingres versés aux sections de forteresse destinées à garder Aïn-ben-Khebil, seront toutes à 100 fusils.

L'avant-garde est organisée de façon à se passer des secours de la colonne pendant plusieurs jours. Plus légère qu'elle, le service d'exploration, les pointes hardies et promptes, les surprises, la poursuite lui seront dévolus pendant cette expédition. Le journal suivra principalement cette avant-garde, dont je fais partie, ayant remplacé à la compagnie montée le lieutenant Massone. Il ne délaissera pas cependant la colonne et notera les incidents recueillis sur sa marche.

5 *mai*. — Départ de la colonne à l'aube. L'avant-garde ne quitte le camp qu'à 11 heures, après avoir abreuvé ; tout le monde campe à environ 44 kilomètres au sud-ouest d'Aïn-ben-Khelil. Pas d'eau à l'étape. (Gîte facultatif.)

6 *mai*. — La colonne fait 42 kilomètres et campe à Méchéria-el-Amar ; l'avant-garde, s'étant séparée d'elle pour prendre au départ une direction plus au sud, va camper à Temaït-ben-Lazereg, en plein cœur des Ahmours, pays absolument inconnu de nos goumiers.

Ce site est très pittoresque et absolument sauvage. Une colline graniteuse est devant nous, coupée en deux par une gorge très sinueuse et très étroite, à flancs perpendiculaires, rocheux, décrivant des lacets extraordinaires avec quelques arbres rabougris. La rivière, dont nous remontons le lit sec depuis plusieurs heures, s'écoule par cette gorge devenant torrent après les orages. On découvre sous un grand rocher, au bord du lit de l'oued, un petit bassin rempli d'une eau fraîche et bonne, et à proximité de ce bassin deux puits abondants.

Ces derniers sont réservés aux hommes ; on abandonne le bassin aux animaux, qui vont pouvoir, enfin, satisfaire leur soif.

Le terrain parcouru dans la journée est accidenté, pier-

reux sur la plus grande partie du parcours. Longeant d'abord
les pentes méridionales des fratis, nous faisions grand'halte
auprès d'une source microscopique nommée Dirrhem, à 5
kilomètres d'Oulakak, que nous ne pouvions visiter, à mon
grand regret. Les traces de feux de bivouac, les boîtes de
conserve de viandes vides que nous trouvions à Dirrhem
accusaient le passage d'une colonne : le commandant Marmet y avait campé après le combat du chott Tigri, ayant
fait une pointe vers le nord dès qu'il avait eu connaissance
de l'attaque de la mission.

Nous avons fait 45 kilomètres environ. Nos mulets sont
éprouvés par la rocaille. Ces animaux, réquisitionnés aux
indigènes pour le transport des bagages, ne sont pas ferrés,
ce qui les rend bien plus sensibles aux mauvais terrains et
nous donne des inquiétudes pour l'avenir.

7 *mai*. — Arrivée à Souf-el-K'ser, vers 4 heures, ayant
franchi 42 kilomètres. La colonne nous y rejoint vers 6 heures après une marche des plus pénibles qui a duré toute la
journée, et n'a été coupée que par une heure de grand'halte.
La colonne arrive dans un ordre parfait ; elle est belle
d'entrain, de santé, de courage. On sent sa volonté de réussir : l'esprit de discipline et l'entraînement qu'a su lui donner
le colonel de Négrier depuis qu'il est à sa tête sont des fac-
teurs importants. Un désir de bataille perce chez tous ; on
sent qu'aucun sacrifice ne coûtera à ces braves, habitués
déjà à ne plus les compter, et que les réprésailles sont aujour-
d'hui la récompense suprême à laquelle ils aspirent : venger
leurs frères du chott Tigri !

Bou-Amama est signalé entre Bou-Arfa et le djebel Ralse
à Mader-M'sarine. Ces informations sont données par des
espions et par le service d'exploration que font très bien nos
goumiers envoyés en chouafs.

Les chouafs (terme arabe conservé par nous) sont choisis parmi les cavaliers les plus intelligents, les plus intré-
pides, ayant tous bonne vue et l'oreille fine. Le nomade,

notre goumier, est bien supérieur à l'Européen pour faire ce service dans ce pays désert, et de configuration bizarre, qui lui rappelle le sien ; il distingue très bien, dans l'espace infini qui s'offre à la vue, les êtres vivants qui s'y meuvent isolément, et s'en rend un compte exact à une distance où l'autre n'aperçoit même pas une troupe plus compacte, une caravane, un troupeau. De plus, l'indigène réussira mieux à se défiler, habitué au terrain, qu'il devine plus qu'il ne le connait, et saura s'orienter, ce qui est indispensable dans un pays à ondulations plates qui se ressemblent toutes, où les points de repère sont excessivement rares, la végétation étant la même partout.

L'avant-garde reçoit l'ordre de partir au lever de la lune.

8 *mai*. — La colonne campe à Aïn-Defla, 40 kilomètres. L'avant-garde, partie à 11 heures du soir de Souf K'ser, y avait fait grand'halte ; elle en était repartie pour reconnaitre le col de Bou-Arfa, où elle passait la nuit.

Un espion que nous a ramené le goum à Aïn-Defla est fusillé dans le ravin : il a été trouvé blotti dans les rochers après avoir allumé un feu pour signaler notre approche...

La colonne a fait usage de ses tonnelets, à Aïn-Defla, où l'eau est insuffisante ; nous sommes plus heureux à Bou-Arfa, où elle est abondante et bonne, descendant du col dans un lit rocailleux fait de ressauts nombreux. Cette eau s'infiltre dans le sol en arrivant dans la plaine, où l'on ne trouve plus qu'un lit de torrent, sec comme les autres.

Les chouafs rapportent que le marabout a quitté Mader-M'sarine... Le pays est vide ; les traces indiquent que ses contingents se sont scindés en deux parties, dont une a pris la direction du nord sur Aïn-el-Orak et djebel Lakdar et l'autre celle du sud-ouest sur Tannezara.

La colonne d'Aïn-Sefra (commandant Marmet) marche sur Mengoub d'Aïn-Chaïr ; on espère qu'elle rejoindra la fraction qui s'est dirigée vers Tannezara. Notre rôle est de poursuivre celle du nord.

9 *mai*. — L'avant-garde arrive à Necissa à 11 h. 1/2 et la colonne l'y rejoint à 6 heures du soir, ayant fait 41 kilomètres. Ce point, situé sur les pentes méridionales du djebel Lakdar, est complètement dénudé. On se procure très difficilement le thym nécessaire pour la cuisine ; il en est de même pour l'eau, que l'on ne peut obtenir qu'en creusant des tranchées dans le lit de l'oued, encore est-elle saumâtre.

Impossible d'abreuver les animaux.

Les tonnelets sont vidés en partie, l'eau puisée à l'aide de tranchées suffit à peine aux besoins des hommes. — Triste étape !

Nos goumiers envoyés en chouafs nous ramenaient vers 2 heures une gueffla (caravane) de dix chameaux, qu'ils avaient capturée, ayant livré bataille aux conducteurs récalcitrants, dont un avait été tué. L'enquête ouverte pour connaître la composition et l'origine de cette caravane fait ressortir qu'elle est la propriété du marabout Si-Abdallah, des Douï-Menia, avec lequel la France entretient des relations d'amitié.

Le colonel ordonne, dès son arrivée, que la liberté soit rendue aux chameliers et que les marchandises, que s'étaient déjà partagées les capteurs, soient remises au chef de la gueffla. Il remet à ce dernier une lettre pour le marabout Si-Abdallah lui exprimant ses regrets pour cette méprise.

Razzia sur les Ouled-Sidi-Ali, de la tribu des Beni-Guil, dans le djebel Lakdar.

10 *mai*. — La colonne se porte sur Aïn-el-Orak, distant de 35 kilomètres.

L'avant-garde quitte le bivouac à une heure du matin, dès que la lune l'a permis. Elle a pour mission de surprendre, à la pointe du jour, les douárs des Ouled-Sidi-Ali (Beni-Guil), signalés au delà du djebel Lakdar et de les razzier à blanc.

Sud-Oranais.   7

Nous allions allègrement à la découverte, cette nuit-là, persuadés que le Bédouin ne nous échapperait pas, les renseignements étant précis et les mesures bien prises. Le capitaine Laferrière, commandant cette expédition, était positivement radieux à la pensée d'un prochain combat dans lequel nous rencontrerions ces mêmes Beni-Guil qui avaient agi avec tant de cruauté au chott Tigri en achevant et martyrisant, même, nos malheureux blessés. Tous les Français de l'avant-garde pensaient de même.

Après avoir parcouru 3 kilomètres, traversant des ravins difficiles le long des pentes du djebel Lakdar, par un clair de lune très pâle, nous arrivions à l'entrée d'une gorge dans laquelle nous nous engagions pour la remonter.

Cette gorge, qui n'avait pas plus de 2 kilomètres de longueur, était d'un accès très difficile que ne facilitait pas, certes, la demi-obscurité de cette nuit. Sinueuse, resserrée presque partout, avec des flancs à pic parfois et d'une grande élévation, il fallait suivre le thalweg. Celui-ci permettait à peine le passage d'un cheval et nous étions tous montés.

Parfois, arrêt complet de la colonne : un cheval était tombé sur un des rochers formant le fond du thalweg, excessivement polis, inclinés, et par suite terriblement glissants. Impossible d'avancer avant qu'il soit relevé et reparti, et il y avait 600 chevaux ou mulets à faire passer ! Combien de temps ce passage nous prendrait-il ? Terrible question pour des gens pressés !

Les goumiers avaient la tête ; la compagnie montée les suivait ; les chasseurs d'Afrique devaient passer les derniers. Ces lenteurs compromettaient singulièrement le succès de notre entreprise, qui reposait tout entière sur la promptitude et le secret de notre marche. Il fallait surprendre à l'aube les douars endormis ; sinon, on risquait de ne trouver que leur emplacement.

La compagnie montée achevait de passer aux premiers

rayons du jour naissant, une section était laissée pour garder l'entrée du défilé et protéger les chasseurs, dont le passage ne s'achevait que deux heures plus tard. Le reste partait à une allure accélérée pour soutenir les goumiers, déjà lancés sur les douars marocains.

Le commandant de l'expédition avait dû se résigner à envoyer le goum isolément, lorsque l'impossibilité d'agir autrement avait été évidente, maudissant cette gorge qui lui avait été désignée comme un passage habituel et facile. Il avait espéré ne se servir du goum que pour réunir la razzia et poursuivre les fuyards, laissant aux troupes régulières l'honneur du combat et le soin des représailles.

Nous arrivions vers 7 heures au campement des Ouled-Ali. Nos goumiers avaient fait main basse sur tous les troupeaux ; mais, se conformant à leurs habitudes de Harka, ils avaient laissé partir les Arabes avec leurs familles.

Ils prétendent avoir combattu : « La poudre a parlé, disent-ils ; nous avons tué dix ennemis, les autres ont fui. », et pour preuve ils nous présentent quatorze femmes ou enfants qu'ils ont retenus prisonniers ; un goumier a été blessé.

Les khaïmas (tentes) des deux douars, quoique belles en général, sont brûlées avec ce qu'elles contiennent ; les troupeaux seuls sont conservés pour être conduits à la colonne. On compte environ trois cents chameaux et trois mille moutons. Quelques effets militaires, deux livrets individuels, les bottes du lieutenant Massone, trouvés dans ces douars, prouvent leur participation au massacre du chott Tigri et nous font maudire davantage encore le malencontreux retard causé par la gorge au djebel Lakdar.

Les chasseurs arrivaient vers 9 heures, au moment où les dernières khaïmas brûlaient. Nous repartions aussitôt, mettant le cap sur Aïn-el-Orak ; là devait être l'étape ; là nous trouverions de l'eau, car nous n'en avions pas, aussi était-il sage de se presser.

Vers 9 h. 1/2, le capitaine Laferrière recevait l'ordre suivant du colonel : « Laissez la compagnie franche avec quelques goumiers se diriger sur Aïn-el-Orak, conduisant les prises si vous en avez fait. Accourez avec les escadrons de chasseurs et les goumiers; Bou-Amama est devant moi. Passez par Aïn-el-Orak; mais ne vous y arrêtez pas ».

En conséquence, la cavalerie, prenant une allure accélérée, nous quitta immédiatement. Quelques mesures furent prises pour resserrer un peu les différents troupeaux déjà trop éloignés, et la marche continua sans incident.

Les prisonniers que nous emmenions nous causèrent bien quelques ennuis ; des enfants, de vieilles femmes à moitié infirmes allaient retarder notre marche ; aussi dut-on en faire prendre en croupe par nos légionnaires, qui leur firent un très mauvais accueil. N'étaient-ce pas des mégères semblables, celles-là mêmes, peut-être, qui étaient au chott Tigri? Le service a quelquefois des exigences cruelles ! Il fallut faire appel à la discipline pour empêcher les mauvais traitements que quelques exaltés leur auraient infligés. Ces prisonniers étaient tous remis au colonel le soir même.

Notre étonnement fut grand de trouver encore une partie de la cavalerie à l'entrée du col conduisant à Aïn-el-Orak lorsque nous y arrivâmes à midi. Ce passage est très difficile, ne permettant que la file indienne en plusieurs points. Nous restâmes à l'entrée de ce col jusqu'à 2 h. 1/2, pendant que les prises défilaient péniblement. De ce point la vue s'étendait au loin, vers le sud, où l'immense plaine d'Aïn-el-Orak se développait à nos pieds.

Les flancs de la colline qui séparent la plaine d'Aïn-el-Orak du plateau que nous quittons sont abrupts presque partout, ayant de grandes parties perpendiculaires, ne permettant le passage qu'à de rares endroits, encore sont-ils très difficiles, comme celui que nous allons suivre. Il nous faut deux heures pour faire 2 kilomètres, et nous arrivons enfin à l'étape à 4 h. 1/2 !

A ce même moment, un grand feu est allumé sur la montagne : ce sont les Ouled-Ali qui signalent notre présence aux autres parties des Beni-Guil campées dans la plaine.

La cavalerie cherche à rejoindre la colonne, qu'elle ne trouve pas ; puis, finalement, se conformant à des instructions arrivées tardivement, par une missive un moment égarée, elle rentre à 7 heures sans avoir fait sa jonction.

La colonne arrive à 8 h. 1/2 très fatiguée. Huit hommes ont été abandonnés pendant cette rude journée, ne pouvant suivre et cependant non reconnus malades ; ils n'ont plus reparu.

Les renseignements sur Bou-Amama n'ont pu être contrôlés, le goum et la cavalerie ayant fait défaut. On croit généralement que leur présence à la colonne eût permis de razzier le marabout fuyant vers le sud, peut-être même de l'arrêter.

Razzia sur les Ouled-Brahim des Beni-Guil et sur une fraction des Hamyans dissidents.

L'avant-garde, débarrassée de la razzia, repartait à 10 heures du soir, ce même jour 10 mai, ayant eut le temps de donner les soins utiles aux chevaux et mulets et de prendre un peu de nourriture. Elle devait aller surprendre deux douars signalés vers le sud-ouest, guidée par les chouafs qui les avaient découverts.

La nuit étant très obscure, la marche fut excessivement difficile au départ.

Dégringolant des pentes ravinées et rocailleuses, pendant près d'une pause, trainant nos montures à tâtons, tournant rochers et touffes d'alfa à l'aveuglette, nous arrivâmes enfin dans la plaine miraculeusement et sans accident à déplorer.

A peine arrêtés pour la pause, nous apercevions sur la montagne d'Aïn-el-Oràk la première flamme d'un feu qui prenait des proportions gigantesques, éclairant la plaine. C'était encore un signal, visible de très loin, pour prévenir les tribus du danger. Ce procédé est très connu, car les nomades l'emploient avec succès dans les grandes solitudes du sud pour parer aux karkas des tribus voisines.

Le jour arriva et nous n'avions surpris personne; pas la moindre guittoum (tente) à l'horizon, bien qu'ayant déjà dépassé le point occupé la veille par l'ennemi. Le campement avait pris la direction du sud avant notre arrivée ; impossible de le poursuivre, car nous devions être rendus le soir même à Mengoub, où nous trouverions la colonne. Au reste, nous étions sans vivres.

11 *mai*. — La colonne arrive à Mengoub vers 7 h. 1/2 du soir ayant parcouru 42 kilomètres. Nous y arrivions à 8 heures en ayant parcouru 70.

L'avant garde n'avait pas complètement perdu son temps malgré la fuite des douars. Elle ramène à la colonne une razzia de 3,000 moutons, que les Ouled-Sidi-Brahim et les Hamyans dissidents avaient abandonnés dans leur précipitation à fuir le roumi.

Notre goum, qui avait « senti le mouton », avait exploré avec soin tout le pays environnant à la pointe du jour et surpris des troupeaux retardataires, qu'ils razziaient, laissant fuir tous les bergers, sauf un qu'ils nous ramenaient.

C'était un garçon de 15 à 16 ans, à l'œil vif, intelligent, de la tribu des Beni-Guil. Il nous donne de précieux renseignements, ce qui lui vaut exceptionnellement la vie sauve. En voici le résumé :

« Après le combat du chott Tigri, Bou-Amama se porta sur Aïn-Chaïr avec une partie des contingents qui avaient pris part à l'affaire, les autres se réfugiant à l'ouest. Tous évitaient la colonne Marmet, qui s'était portée, jusqu'à Oulakak, quittant, à la nouvelle du combat, le djebel des Beni-Semir, où elle se trouvait guettant le marabout. Les contingents restés avec Bou-Amama appartenaient à la tribu marocaine des Beni-Guil pour la plupart, les autres aux.

Hamyans dissidents. Ils s'étaient encore scindés depuis quatre ou cinq jours.

» Connaissant la marche des colonnes, les douars, qui avaient quitté Bou-Amama en dernier lieu, allaient camper dans une cheggua (vallon) du djebel Kallal, se dissimulant complètement, laissant leurs troupeaux dans la plaine, prêts à les rejoindre. C'est une partie de ces troupeaux que nos goumiers nous ramenaient, la plus éloignée dans la plaine ; car tous avaient cheminé pour rejoindre la cheggua, où étaient les douars, dès que le feu allumé comme signal à Aïn-el-Orak avait été aperçu. »

Le jeune berger nous offrit de nous conduire aux douars, affirmant les avoir laissés la veille au soir dans cette cheggua, ne se doutant pas de notre approche. Le capitaine Laferrière prit ses dispositions pour une reconnaissance offensive, espérant encore trouver les Khaimas. Nos deux colonnes d'attaque ne trouvèrent malheureusement que l'emplacement des douars, des traces toutes fraîches, des feux encore vifs, des petits agneaux abandonnés, tout témoignant du départ récent et précipité de ceux que nous brûlions de trouver à notre portée. C'est une nouvelle déception à ajouter aux autres. C'est vraiment décourageant de poursuivre ainsi un ennemi insaisissable, surtout lorsque cet ennemi a réussi à trois reprises dans ses projets, glissant chaque fois entre nos colonnes : Chellala, Kralfallah, chott Tigri !

Notre guide nous indiqua dans cette cheggua deux puits excellents, où les légionnaires de la reconnaissance et les chasseurs, qui remontaient le vallon (ils avaient été envoyés au débouché pour empêcher toute fuite), purent se désaltérer. Ces puits se nomment *Taftadjène* et ont une très grande importance par leur situation dans un pays absolument dépourvu d'eau. Ils seront signalés dans le rapport.

La tribu des Beni-Guil à laquelle appartient le jeune berger que nous emmenons est marocaine, nominalement, et indépendante de fait. Les réponses que fit à mes questions ce grand enfant dépeignent bien l'esprit d'indépendance qui règne dans cette tribu. En voici quelques-unes :

— Comment! vous dites n'être pas Marocains mais le sultan Abd-er-Rahman vous commande cependant...

— Le sultan Abd-er-Rahman! nous le connaissons : il commande à Fez. C'est un bien grand seigneur; mais il n'a rien à faire chez nous. Nos cheiks seuls commandent. S'il venait ici, nous le recevrions très bien, lui offrant la diffa pour honorer sa grande naissance ; mais nous ne pourrions souffrir qu'il vint nous donner des ordres.

— Et Bou-Amama, et Si-Seliman, ceux-là vous commandent.

— Pas du tout. Ce sont des marabouts vénérés; nous leur offrons des ziarras (offrandes), tous les ans, lorsqu'ils viennent, afin qu'ils prient pour nous et qu'Allah protège nos troupeaux et les harkas que nous organisons contre nos ennemis, qu'il nous garde de la h'bouba (peste, épidémie quelconque) et des surprises de nos mauvais voisins.

— Mais cependant vous venez de suivre Bou-Amama au chott Tigri et avez combattu sous ses ordres.

— Ce n'est pas exact quoique vraisemblable. Le marabout venait de Figuig avec des Zoua (Ouled-Sidi-Cheik) et nous a engagés à aller razzier avec eux les Mehahias, nos ennemis, dans le chott Tigri. Nous ignorions la présence des Français dans le chott et, si, nous avons accepté de faire partie de cette harka, c'était bien plus pour venger une razzia subie que pour profiter du butin que la présence des Zouas allait diminuer.

Bou-Amama, rencontrant peu de Français avec un convoi et des troupeaux, a jugé l'occasion très belle pour les combattre, et, si nous lui avons prêté notre concours, c'est que les moutons razziés par la colonne française appartenaient à une fraction de notre tribu.

— Aïn Chaïr est le centre où vous vous rendez pour les transactions commerciales; vous y trouvez du blé, de l'orge,

de l'étoffe dont vous avez besoin ; vous vendez là vos moutons, de la laine. Le caïd de ce k'sar n'a-t-il pas quelque
influence sur vous, nomades, presque ses tributaires ?

— Aucune : il n'y a qu'à commander ses k'souriens,
enfiévrés, femmelettes, n'ayant pas plus de courage que de
vrais juifs.

— Cependant le caïd d'Aïn-Chaïr vous fait payer des
droits lorsque vous allez sur son marché pour y vendre vos
moutons. Vous avez bien affaire à lui ou à ses gens ?

— C'est de la folie. Pourquoi lui payerions-nous un droit?
La terre est à tout le monde et le soleil aussi. Il est bien
heureux que nous daignions boire son eau.

Comme on le voit, cette conversation n'était pas sans
intérêt. J'en fis part au capitaine Laferrière et le priai de
demander au colonel que ce jeune homme ne fût pas fusillé,
en considération des renseignements qu'il nous avait fournis.
Cette grâce fut obtenue, et le désir qu'il m'avait témoigné
de nous suivre afin de se rendre plus tard dans le Tell algé-
rien, qu'il qualifiait de Blad-el-Khobs (pays du pain), fut
réalisé.

La marche fut reprise sur Mengoub dès que les chasseurs
nous eurent rejoints, pour arriver, vers 7 h. 1/2, absolument
épuisés. Notre petite troupe était exténuée. Les privations
d'eau, d'aliments et surtout de repos l'avaient mise à bout
de forces.

(Séjour.)

12 *mai*. — Ce repos était indispensable surtout pour
l'avant-garde.

Mengoub.

On donne ce nom à un point d'eau situé à 12 kilomètres
environ d'Aïn-Chaïr et à l'est de ce k'sar. Les puits y sont
nombreux, l'eau abondante, mais légèrement saumâtre, pré-
disposant à la diarrhée. Peu de bois; les touffes de thym

sont très petites et rabougries. L'alfa fait complètement défaut.

Nous trouvons à Mengoub la colonne Marmet, sauf un détachement parti sans convoi au delà d'Aïn-Chaïr pour tenter un coup de main sur le marabout.

Séjour pour la colonne.

13 *mai.* — L'avant-garde opère une reconnaissance vers le sud, dans la direction d'Oum-Cheguague. Nous passons en vue d'Aïn-Chaïr, laissant ce k'sar sur notre droite pour gravir une petite colline dans un col pierreux et déboucher sur un plateau où se trouve le puits de Tine-Kroude.

C'est à ce point que nous faisons grand'halte pendant que le goum explore dans un rayon de 8 à 10 kilomètres. L'eau y est excellente, très fraîche et abondante. Les chevaux de nos escadrons, les mulets de la compagnie montée sont abreuvés sans peine à ce puits, qui semble alimenté par une nappe d'eau, car il ne tarit pas. Nous étions à 20 kilomètres de Mengoub. La rentrée au camp a lieu vers 8 h. 1/2 du soir, sans incident marquant à signaler. Nos malheureux mulets sont presque estropiés par le terrain pierreux; le manque de ferrage n'avait jamais été aussi sensible; il est la cause de notre retard.

La reconnaissance de la colonne Marmet est rentrée pendant notre absence, ayant fait une razzia au sud du djebel Kallal. Elle a aperçu les douars qui avaient quitté la cheggua le 11, à notre approche, mais n'a pu les atteindre. Ceux-ci lui ont abandonné, dans leur précipitation à fuir, quelques khaïmas et environ 800 moutons.

Cette petite expédition n'a cessé d'être suivie par des Ahmours maraudeurs, qui tiraient sur le camp pendant la nuit et ont même réussi à voler, à la corde, les deux chevaux du lieutenant d'artillerie, profitant d'une obscurité rare.

La colonne quitte Mengoub pour le retour.

14 mai. — La colonne quitte Mengoub pour le retour. Elle campe le soir à environ 10 kilomètres de Bou-Arfa, traversant l'immense plaine du Tamelett par une pluie battante : véritable phénomème dans ce pays, qui n'avait pas vu une goutte de pluie depuis quatorze mois !

Nos troupeaux, aussi peu accoutumés que la plaine à ce débordement, étaient très effrayés : ce qui rendait très difficile la conduite. Ils furent laissés en arrière par la colonne, et la compagnie franche, qui n'avait quitté le camp qu'à 11 heures, après l'abreuvoir, en eut la garde et la conduite. Par suite, nous n'arrivions qu'à 8 h. 1/2 dans l'obscurité la plus complète, ayant eu les plus grandes difficultés pour pousser la razzia, que les sokrars auraient volontiers éparpillée. Nous avions franchi 36 kilomètres. Pas d'eau à l'étape.

15 mai. — La colonne se porte à Medouirat, gîte facultatif, au pied du djebel Defali. Nous trouvons là de beaux redirs dus à la pluie d'hier. A quelque chose malheur est bon..... Ces 36 kilomètres franchis n'ont donné lieu à aucun incident.

16 mai. — Passant par le col de Bab-el-Medjoua, nous allions camper à Haci-Sefra, point connu, ayant fait 26 kilomètres. La compagnie montée est chargée de reconnaître le col, la gorge d'Haci-Sefra. Ses fantassins ont une supériorité marquée sur les cavaliers pour l'exécution des reconnaissances en pays montagneux.

17 mai. — La colonne va camper à Fortassa-Rarbia, 38 kilomètres, — trajet connu, ainsi que le gîte d'étape. La compagnie montée s'établit sur les crêtes, protégeant le défilé pendant le lent écoulement de la colonne traînant son butin. La cavalerie, la compagnie montée et le goum sont envoyés à Fortassa-Cherguia, l'eau de la première source des Frattis étant insuffisante pour toute la colonne.

18 mai. — La cavalerie et le goum rentrent à Aïn-ben-Khelil, doublant l'étape; la colonne campe à environ deux pauses de Chaïb-Rassa. Pas d'eau au bivouac.

19 mai. — Rentrée de la colonne à Aïn-ben-Khelil après avoir fait sept pauses.

9 juin. — Le 2e bataillon de notre régiment arrive de Sidi-bel-Abbès pour nous remplacer à la colonne.

10 juin. — Le 3e bataillon de la légion étrangère, relevé à Aïn-ben-Khelil, partait pour Méchéria, où il embarquait en chemin de fer pour Sidi-bel-Abbès. L'autorité supérieure avait jugé ce transport nécessaire, étant donné l'état de fatigue de ce bataillon.

Nous rentrions à Sidi-bel-Abbès le 13 juin, après quatorze mois de colonne, ayant subi des fatigues et des privations sans nombre, sans avoir cueilli les lauriers que nous avions tous rêvés, mais satisfaits, néanmoins, en pensant que nos marches n'avaient pas été complètement stériles puisque l'insurrection se trouvait localisée et refoulée dans l'extrême sud.

Les colons avaient la sécurité; le Tell entier était à l'abri des incursions. On sentait proche le moment où les ouled-Sidi-Cheik, ruinés par leurs courses aventureuses, les razzias subies, demanderaient l'aman. Cela consolait un peu de nos déceptions et les mauvais jours étaient oubliés : Vive la France !

FIN

Paris et Limoges. — Impr. milit. Henri CHARLES-LAVAUZELLE.